ことのは文庫

吉祥寺うつわ処

漆芸家・棗芽清乃の事件手帖

穂波晴野

MICRO MAGAZINE

Contents

目次

吉祥寺うつわ処

漆芸家・棗芽清乃の事件手帖

第一章

割れ

1

幸せと不幸せ。それらは交互にやってくるもの。

それはまるで撚《よ》り糸を集めて結いあげた縄のように……——というのは、田舎の祖母直伝の教訓だ。

けれど……不幸に首を絞められて息継ぎもできないとき、これが幸せに転じるなんて、どうやって信じればいいのだろう。


わたし——花岬麻冬《はなさきまふゆ》は女子大生だ。英明大学《えいめいだいがく》にかよう二年生。

この秋から履修している考古学演習Ⅰの講義は、まだ始まったばかり。講義課題を飲みこむのに手いっぱいで、友達づくりは足ぶみ段階。全十五回の講義を受けるなかで、波長のあう仲間が見つかればいい。そう、悠長に考えていたのに。

すべり出しは最悪だった。

初回の講義クラスで、わたしはさっそく浮いていた。

「花岬さん。事情を説明してもらえますか」

教壇から、九谷《くたに》教授の落ち着いた声が響く。

考古学コースを担当する初老の名物教授だ。丸眼鏡のレンズ越しにこちらを見つめる相手は、尋問官のようだった。

「朝……開館時間と同時に、博物館のなかに……入りました。展示室にある土器……ええと、けっこう有名なかたちの縄文土器………を、見るため、です。……提出用の課題スケッチを、修正したくなったから……で、す……」

声がふるえる。頭の芯が熱く、あせればあせるほど、緊張で足がすくむ。

約五十人が席をうめる巨大な講義室で、直立している学生は、わたしだけだ。

教壇にたつ九谷教授は、真正面から話しかけてくる。

「はい。わかりました。履修登録をした皆さんには、初回の講義までに土器のスケッチを必ず一枚描いてくるようにと、課題を出しましたね。では、つづきをどうぞ」

「……は、はい………。朝、展示室に行ったら……土器が割れていました」

割れた土器は、教卓に置かれている。

だからありのままに話した。正直に伝えることが美徳だと、祖母も言っていた。

自己弁護ができるほどに口達者なタイプではないし、変にとりつくろっても誤解を招くだけだ。なのに。それなのに。

なぜ、正直に話すほどに、講義室の空気はしん、と冷えていくのだろう。

「……そうですか。開館時刻に博物館にいたのは、花岬さんひとりだそうですね」

九谷教授の声色に、怒気がはらむのが感じとれた。人文社会学部の教授陣のなかでも、とりわけ温厚なひとだ。学生に対しても物腰穏やかで、滅多に怒らないのに。自分がそう、させている。情けなさで息が詰まった。

立っているだけで背筋が凍って、眩暈がしそうだ――。

はあ、とため息が落ちた。九谷教授だ。

「学部生の皆さんたちのなかには、遺物の取り扱いは初めての方もいるでしょう。皆さんの向学心を刺激するためにも――英明大学の附属博物館では、土器の実物にも、触れることができるようにしています。普通の博物館ではショーケースの奥にあるような貴重な遺物でも、です。取り扱いにはくれぐれも気をつけてください」

それからピシャリと言い放った。

「くれぐれも、です。雑に扱って、壊したりしないように」

九谷教授はきっと、本当はこう言いたいのだろう。

――花岬さんのように土器を壊すなんてもってのほかだ、と。

弁解ができるものならしたい。

わたし、触っていません。触っていないんです。壊れるはずが、ないんです。

そう叫びたい。だけど――。

講義室の空気がそれを許さない。

着席までの間にも無言の圧力をひしひしと感じた。

うつむいて、こぶしをにぎって、やり過ごす。

ようやく顔をあげられたとき、隣に座っていた女子学生と目があった。顔見知りだ。入学式で会話もしたし、同じ学部だったはずだ。彼女は、ふ、と視線をそらした。わたしはなにも見ていません。なにひとつ存じ上げません。そんな心の声が聞こえてしまう。無関心の絶壁のむこうに一切の感情が消える。そこに悪意もなければ他意もない。

もう、自分から声をかけることは、できなかった。

誰も彼もから、距離を置かれている。

初回の講義から、嫌な浮き方をしているやつに話しかけてくる人なんていない。

思わず、心の内で大切な祖母の名前を呼んで、弱音を吐きたくなる。


――おばあちゃん。やっぱり都会の人たちは冷たいです。

吉祥寺――。東京都の西部・武蔵野市にある街。
二十三区の喧騒から離れたここは、都会と郊外の中間地区だ。長閑《のどか》さと便利さが入り混じった下町風情が残る街並み。それでもここが「トーキョー」なのだと実感することは多い。小洒落たカフェがならぶ通りはいつも賑やかで、漏れ聞こえてくる会話も洗練された標準語だ。

去年の春、岐阜県から引っ越してきたばかりのころは、耳慣れなくて緊張した。進学を機に都会へやってきた田舎者としては、敷居が高いところもあるわけで。

一年が経過してなお、わたしはこの街でひとりだった。

大学からの帰り道を、とぼとぼと歩く。一限目の大失態を引きずったまま切り替えもできず、オンボロ学生寮に帰りついて眠るのも億劫だった。どさくさに押し負けてスケッチ課題も提出できなかったから、またやりなおしだ。

頭を占めるのは、講義室でまざまざと見せられた縄文土器のことだ。

「…………なんで、割れたんだろう」

誓っていうが、わたしはあの土器には触れていないのだ。

商店街の入り口で……すっかり憂鬱になっていた。なぜか頭まで痛くなってきた。

夕刻。すでに帰宅ラッシュの時間だ。足早に家路を急ぐ通行客にまじり、アーケードを抜けてすすむ。物憂げなまま歩いていたら、駅前にたどりついていた。

吉祥寺駅前は飲食店の激戦区だ。おいしそうな鯛焼き。揚げたてのメンチカツ。ツヤツヤとした油がのった肉厚チャーシュー。うるさいほどの呼び込み。

お腹がぐう、と鳴る。

……いやいや、バイト代まだ懐に入っていないでしょう。誘惑をふりきって歩く。と。

小路《こみち》に迷い込んでいた。

裏路地ながらも道は明るい。象牙や浅黄など、淡い色で塗られた建物が軒をつらねて、洋菓子や雑貨を商《あきな》っている。ガラス越しに見える店内は、手狭ながら小綺麗だ。どこも二階や三階だてほどのささやかな店舗ビルで、新宿の繁華街で感じるような威圧感はない。

吉祥寺の路地には、こんなふうに小さな個人店がひっそりと生息している。

個人店とは土地に根づいた固有種だ。どこへいっても同一の価値を提供してくれるチェーン店と異なり、ここにしかないものが待ちうけている。

歩くほどに好奇心を刺激される街だ。

このあたりは、通学路から外れている。散策をしたこともないから、見覚えのない店ばかりだ。そのうちの一角に、すいこまれるように視線が留まった。

店頭にふしぎな張り紙を見つけたのだ。

〈壊れモノ、繕《つくろ》います。お気軽にご相談ください。〉

はっ、と息を呑む。

壊れモノ。まさしくいまの頭痛の種だ。

天啓を得たように急に視界がひらけて、入り口のガラス扉に手をかけていた。

店内は販売スペースになっていた。木目調で統一された内装は、シンプルながら温かみが感じられる。照明は控えめで昼間なのに薄暗い。ぼんぼりのように灯る飴色の電灯が、京の町家のような趣《おもむき》を引きたてている。

展示台には大皿と値札が一点ずつ置かれていた。陶磁器をあつかう店のようだ。

眺めていると、カウンターの奥で腰を下ろしていた女性と目があった。

「……ようこそ」

きれいなひとだった。

ただし——きれい、の一言で片づけられるほど単純な容姿ではない。

全身のシルエットがほっそりとしていて、女性にしては背が高い。座り姿勢がうつくしく、朝顔の花弁が広がるようなやわらかい布地のスカートが優美だ。瀟洒《しょうしゃ》な装いでまとめたトップスは、天青石の煌めきにも似た優しいセレストブルー。そしてなによりも、切れ長の瞳が涼しげで、知的な目鼻立ちをしている。

帝国劇場の舞台にいても驚かないほどの、整った造作をもつ美人。

都会には、春先の椿のようにきれいなひとがいる。

立ち上がると、栗毛がふんわりと波うった。肩に垂れる長髪は艶々としていて、天使の輪がかかっていた。

「なにかお探しでしょうか？」

話しかけられた。

表参道を歩くようなひとでも商売をするんだ、とあたりまえのことが頭に浮かんだ。

「えっと、と、とくには……たまたま寄っただけで……」

驚きのあまり、そっけない態度になっていた。

これでは声をかけてくれた相手に失礼だ。

気おくれしたのはきっと自信がなかったせいだった。服装は灰色のシャツに、あせたジーンズ。高校時代から短く切りそろえている黒髪は控えめにいってもラフだと思う。透明なガラスに映り込んでいるのは、これでも二十歳の無骨な女だ。女子大生と、信じてもらえるかあやしい。

このお店の雰囲気と、不釣り合いにもほどがある。

「それなら、ぜひごゆっくりご覧ください。当店があつかう陶磁器は、どれも作家が手がけた一点もの。こちらの笠間焼などは、茨城からおろしていただいているもので……」

「ごめんなさい、敷居が高いです……！　なにせ手持ちに余裕がなく……」

だめだ。またも大慌てであとずさっている。

そんなわたしを見て、女性スタッフはふんわりとほほえんだ。

「申し訳ありません。……強引でしたね。購入するようにすすめるつもりはなく、額面通りに伝えたかったのですが……。こういうお店だと、難しいですね」

睫毛《まつげ》を伏せて、優しげに告げる。

「どのうつわも、土から練りあげたこだわりの逸品なんです。美術品としての風格はもちろん、実用にも耐えるものをご用意しております。陶器や磁器……食器は、古来より生活に密着したもの。学生さんにも、うつわに親しんでもらう場を提供したいだけなんですよ」

ゆっくりと語り聞かせてくれる声すら、気品のただようひとだ。

うまく断れるはずもなく、うながされるままに店内を見てまわることにした。

そういえば、聞き捨てならないことを聞いた。「学生さん」と呼びかけられたことだ。

尋ねると、女性スタッフは意外そうに首を傾げた。

「英明大学の学生さんだとお見受けしましたが……」

あってます。正解です。

吉祥寺駅から徒歩十五分ほどの好立地に、英明大学は所在している。古着屋やディスカウントストアをめあてに、駅前商店街を歩く学生も多い。一点ものの陶磁器を売る店にひとりで入る大学生は、めずらしいかもしれない。

「花岬麻冬《はなさきまふゆ》です、英明大の二年です」と、あいさつをしておく。

すぐに丁寧なお辞儀が返ってきた。

「店主の棗芽清乃《なつめめきよの》と申します。木蓮陶房《もくれんとうぼう》では、うつわと漆《うるし》の商《あきな》いをしております」

さしだされた名刺を受けとり、顔を見上げる。

木蓮陶房というのが、このお店の屋号らしい。

「棗芽さん、あの」と呼びかけると「清乃で構《かま》いません。そちらのほうがなじみがあります」と返ってきた。

「うつわと……漆？」

「ええ。ショップで扱うのは生活に寄りそうもの……とりわけ食器が中心なのですが、私自身は陶芸作家ではありませんので。代わりに、うつわを長く使えるよう、助力させていただいています」

はてな。と、疑問符が頭に浮かんだ。

清乃さんは店主であり、陶芸作家ではない。

つまり、この店であつかう商品の作り手ではないのだろう。仕入れと販売が担当なのかと思いきや、ほかにもお仕事があるらしい。

「お時間さえよろしければ、奥の間をご案内いたしましょうか。漆もおみせします。百聞は一見にしかず、実物がなによりも雄弁かと」

「じゃあ、おじゃまします。よろしくお願いします！」

清乃さん越しに、窓からさしこむ陽射しがぽかぽかと暖かい。

この店には癒やし効果があるのかもしれない。あれほど憂鬱だった心の雨はあがっていて、前向きにものごとを捉えられている。背中を追って、奥の間へと足を運ぶ。

「木蓮陶房では、販売のほかにも、修繕のサービスを提供しておりまして。奥は工房――作業場にしているんです。私の仕事は、漆をあつかう〈金継《きんつ》ぎ〉」

〈金継《きんつ》ぎ〉とは、うつわを直す仕事だそうだ。

陶磁器はワレモノである。劣化や事故で壊れてしまうこともある。割れた皿や、ひびの入った湯呑み、欠けた茶碗。それらをゴミ箱行きにせず、修繕して使えるようにする方法が〈金継《きんつ》ぎ〉だ。修繕のための接着剤として漆を使うらしい。

お客様から壊れモノを預かって〈金継《きんつ》ぎ〉で直し、持ち主へと返す。

それが、木蓮陶房で清乃さんがいとなむ仕事だ――と説明してくれた。

工房はひろびろとした部屋だった。

中央には作業机。割れた食器の破片や、ヘラなどの道具が散らばっている。机のまわりには保管のための棚がいくつもあり、茶碗や湯呑みのほかに、大皿や花瓶などの大きなものも見うけられた。さらに奥には水場も待ちうけている。

近づこうとすると、清乃さんが腕で制した。

「こちらでお待ちください。乾燥前の生漆をあつかう都合上、肌に危険もありまして。漆が苦手な体質の方ですと、作業場でかぶれることもあります」

「清乃さんは？」

「ご心配ありがとうございます。私は大丈夫ですよ。慣れていますから」

それもそうだ。日常的に漆に触っているのだから、清乃さんは職人なのだろう。

工房は、甘く渋みのある香りに満ちていた。

いやな匂いではない。刺激はなく、植物特有のほのかな香りだ。鼻腔をくすぐる感覚にはおぼえがあり、ふと故郷の森を思い出した。

祖母の家は林業をいとなむ家系だった。漆の原料は樹液で、木から採取する。野や森を走りまわっていた子供時代には、祖母についてまわりながら、土や植物にじかに触れながら学んだこともある。

ウルシの木を触って、手や肌がかぶれたことはなかった。

「あの、近くで見てもいいですか。たぶんわたしも平気です。何かあったら自己責任で構いませんから」

生まれ育ちを語るのは気恥ずかしかったから、舌足らずな説明になった。急場しのぎの方便はやっぱり思い浮かばず、せめて真摯に頼みこむ。

清乃さんから快い承諾が返ってきてホッとする。

作業机に近づく前に、ゴム手袋を手渡された。半袖シャツを着ていたから、カーディガンもだ。かぶれ対策のためにも、漆職人たちは長袖・手袋着用が基本らしい。

清乃さんも、いつの間にかエプロンを着けて、髪を束ねた職人スタイルだ。

ならうようにして、夏の間に小麦色にこんがり焼けた肌を隠し、机に向かう。

清乃さんが机に置かれた品々を指差す。

「では、これから実演してみますね。まずはこちらが繕《つくろ》い途中の中鉢《なかばち》……抹茶茶碗です」

生成色のうつわだ。抹茶用だからか丸みを帯びた形をしていて、口縁《こうえん》から底までが深い。ぼこぼことした表面からは土本来の温かみが感じられる。

綺麗な茶碗だが――右半分が大きく割れていた。破片の接着はすませてあり、割れた箇所には紙テープが貼られている。

「この破損は、診断としては〈割れ〉ですね。見たままそのままです。金継ぎをするさいは、まずどのような壊れ方をしているか調べて分類するんです」

「熱っぽいときに医者にかかって、鼻風邪か喉風邪か診断してもらう……みたいな？」

清乃さんはこくりと頷いた。

「はい。壊れ具合によって、繕い方も変わりますからね。割れた破片を接着していくときにも、漆を使います。こちらの生漆《きうるし》と米糊《こめのり》を練って、接着剤をつくるんです」

「あのぅ。初歩の初歩ですみません。なんで漆を使うんですか？　ほかの材料でも接着だけならできるんじゃ……」

質問をしてから焦る。おかしな質問になっていないだろうか。

清乃さんは眉ひとつ動かさず、神妙に頷いた。

「こうした茶碗の場合は、お抹茶……飲み物を入れますよね。ほかにも、保温性のある陶磁器は、食器として重宝されます。繰り返し洗うため、水に強い素材でなければいけません。漆には水をはじく特性がありますからね。そしてなにより……飲み物や食べ物は、ひとが身体にとり込むものです」

「あ、そっか。万が一溶けても大丈夫なように……接着剤も有害なものは使えないってことかな。漆の原料は樹液だから、自然のもの。しかも乾けば固まって安全」

「ご明察です。麻冬さん、ウルシが植物だとご存じだったんですね」

にっこりと微笑まれて思わず面くらった。

心臓を槍で突かれる、というのは、こういう感じなのだろう。大学にもきれいなひとは居るけれども、清乃さんは次元が違う。西洋絵画に描かれたヴィーナスや、天上界から地上に遣わされた天女のような、神々しさのある美だ。触れてはいけない高貴な美術品が、目前で動いて話す。

笑いかけられてもちょっと、現実味がない。

「たまたま授業で習ったんです……！」

よって、わたしが照れるのもいたってありがちな反応だ。たぶん。そのはず。

目が泳いだのが挙動不審すぎやしないか不安だ。

「そうなんですね。じつはこちらの茶碗は、一ヶ月ほど前に接着したもので。ムロから出したばかりなんです」

「ムロ？」

「漆風呂とも言います。要するに、漆を塗ったうつわを乾かすための容れ物ですね。うちの工房ですと、湿度と温度を一定に保てる専用の乾燥棚を用意しています。洗濯物が乾くのは晴れの日ですが、漆は雨天のほうが乾きますから。漆の主成分であるウルシオールは、水分をとりいれて硬化するんですよ。接着のあとには乾燥の工程がありまして、じっと寝かせて固めてから、つぎの作業にうつります」

「へえ……金継ぎってけっこう、時間がかかるものなんですね」

「手仕事ですから。手間はかかりますが、省けません」

職人技の世界だ。

清乃さんの解説はなおも続く。

接着をしたあとには〈充填《じゅうてん》〉の作業があり、欠けた穴や崩れそうな箇所を「錆漆《さびうるし》」で埋めていくのだそうだ。漆を盛ってはムロで乾かし、盛りすぎた箇所はカッターでけずり、耐水ペーパーで研ぐ。この間さらに二週間ほどを要する。

時間をかけて固めたあとにも、さらに漆を塗るしごとが待っている。

「ここからは別のうつわで実演しましょうか。こちらのマグカップは、これから〈研ぎ塗り〉をするところなんです」

研ぎ塗りとは、継ぎ目の凹凸をけずったあとに、赤い漆――弁柄《べんがら》を塗る作業だ。

清乃さんは小さくカットした耐水ペーパーで、継ぎ目を何度もこすった。黒い漆がけずれて滑らかになっていく。うつわと同じくらいに平らになったのを確認したら、次は筆の出番だ。

集中力を要する工程らしい。

清乃さんの瞳がすっと半月になる。怜悧《れいり》なまなざしを注ぐのは、壊れたうつわの継ぎ目だ。すでに硬化した漆は、黒く細く、うつわに墨絵を描いていた。何本もの曲線が複雑に重なり、まるで蜘蛛の巣のようだった。

筆先が走る。蜘蛛の巣をなぞり、朱色に染めあげていく。

繊細な筆遣いのままうつわの口縁まで染めあげて、清乃さんがふ、と一息つく。

「……これで完成ですか?」

呼吸すらためらわれるような沈黙のなか、おそるおそる声をかけてみる。

清乃さんはまだ職人の顔をしていた。

「いいえ。次が最後。すこし時間をおいたら、仕上げです」

お茶を淹れましょうか。

そう、爽やかに告げられてなんとはなしに承諾していた。工房のすみで清乃さんから湯呑みを受けとって、お茶を楽しむ。待ち時間のあいだも清乃さんはずっと、ムロを見ていた。マグカップを入れた乾燥棚のなかでは、金継ぎ途中の陶器たちが眠っている。

十五分ほど経ったあと――。

「では、最後の仕上げに入りましょう」

清乃さんが立ち上がる。

ムロからマグカップを取りだして机に置いた。

「麻冬さん。漆で継いで固める作業を、なぜ金継ぎと呼ぶのか……と不思議には思いませんでしたか？」

「そう、ですね……。正直、よくわからなかったです」

ここまでの作業で金は使っていない。

漆には独特のツヤがあるけれども、色は黒と朱色だ。作業そのものも根気と気力をようする職人技で、きらびやかな金の印象とはほど遠い。

「金継ぎは室町時代の茶道の世界に端を発した技術なんです。そしてこの繕《つくろ》いわざの本質は、傷を埋め、うつわに刻まれた修復跡を〈景色〉と呼び愛《め》でること。傷もふくめて、芸術にしてしまう」

うち捨てるのではなく、隠すのではなく、むしろ誇って。

壊れた傷さえも活かしてしまう、そんな技術なのだと。清乃さんはいう。

「これから金の〈景色〉を見せます」

そして「金消粉《きんけしふん》」と記《しる》された包みを取りだした。包みを開くと、きらきらと輝く粉末が現れる。金箔を細かい粉状にしたものらしい。

何をするのかと思ったら、真綿に粉をつけていた。

とん、とマグカップの傷に金がふされる。指先は静かで慎重だ。触れるか、触れないか、ぎりぎりの距離。真綿から金粉が舞い落ちて、継ぎ目が金色に染め上げられていく。

金の〈景色〉。

漆黒のマグカップに、流麗な金色模様《こんじきもよう》が浮かびあがった。

清乃さんはやりきった顔をしていた。思わず、拍手がしたくなった。歓声を漏らすと
「お粗末様です」とお辞儀がかえってくる。背中でまとめた髪が肩に垂れて、バサリと落ちる。

「すごい……！　最後に金粉を蒔《ま》くから、金継ぎなんですね？」

「そうですね。金以外にも、銀や真鍮を蒔くこともありますが、お客さまからのご要望はやはりゴールドカラーが多く」

「あの。これって、どんなうつわでもできるんですよね。土器も直せませんか？」

「土器、ですか？」

清乃さんが尋ね返してくる。

脳裏をかすめたのは大学での出来事だ。割れてしまった縄文土器。一限目の講義のあと、どこに運搬されたのかは知らない。ひょっとしたら、金継ぎでもとの状態に繕い直すことはできるかもしれない。

「はい。具体的には縄文土器」

「それは…………難しい、ですね。漆は縄文時代から修繕に使われていた記録もあるそうですが……」

熟慮するように口元に添えられた手が、開かれる。

「文化財の修復と、私の金継ぎは目的を異《こと》にする技術だとお考えください。土器の保全となると、学芸員や研究者の領分です。修復に漆を使うとしても、その道の専門家がなさるべきことかと」

「そう、ですか……いや、はい、ですよねー……」

修復は学芸員や研究者の領分、か。割れた土器は、いまごろ大学でだれかが修復してるのかな。その誰かに、迷惑をかけていると思うと心苦しかった。

清乃さんは、肩をがっくり落とした女子大生を見るに見かねたのだろう。気遣うように話しかけてくる。

「麻冬さん、ひょっとしてなにかお困りですか？」

「困ってるといえば、困っていますが……自業自得、かも」

大学での出来事については、すでに自信がなくなってきていた。

教授に土器破壊の犯人扱いをされて、大講義室で白い目で見られて、新しい友達もできず、心はとっくに折れていた。だれも信じてくれないのに、ひとりで声をあげるなんて無理だ。冤罪だなんて主張できない。弁解したところで無駄だと思った。

それなら、新学期早々に縄文土器を壊した雑で迷惑な女のまま、時が過ぎるのを耐えて、やり過ごすほうがましじゃないか。悔しくても、苦しくても、唇を噛んで黙って過ごせば嵐はすぎる。そのはずだ。

「事情をお抱えみたいですね。困難に遭遇したときは、大人だって頼れる相手に相談するものですよ」

「……わたし、これでも二十歳です」

清乃さんみたいな人からしたら、子供じみて見えるだろうけれど。成人式は通過しているし、選挙権もある。大学生だからまだ親から社会にでるまで猶予はもらっているけれども、寮暮らしの生活費はバイト代でまかなっている。

「それならなおさらです。幸いにして、私は大学関係者ではありません。心を吐露するだけで胸のうちが軽くなるのなら、いくらでも。工房もいまだけ告解室にしておきます」

「告解室……か。悔い改めなさい、ってやつですか？」

「それは麻冬さんの事情によります。あなたの、あなたにとっての真実があるのでしょう。悲観するあまり、それを歪めてしまってはいませんか」

鷹揚な語り口のまま、清乃さんがぴしゃりと言い放つ。

ああ。このひとの言葉は、どうして痛いくらい胸に沁みるのだろう。

かたくなだった心がほどけて、意固地だった自分に気づく。

話してみよう。たしかに、悲観するあまり錯誤に陥っている可能性だってゼロではない。

「じゃあ、聞いてください。ただし、厄介ごとになりますから……ほどほどに」

それから、清乃さんに大学での出来事を話した。

「つまり。麻冬さんが触っていないにもかかわらず、土器が割れていたんですね」

「はい…………。第一発見者はまちがいなく、わたし、で」

一週間前から、考古学講義の課題にとりくんでいた。

九谷教授から講義の履修者に課された課題は土器のスケッチだった。問題文を読みながら首をひねり、大学の博物館へ何度も足を運んでいた。

問題文はこうだ。

〈博物館にある縄文土器を観察しながら、スケッチを最低1枚しあげること。ただし、展示室にある模造品のスケッチは無効とする。〉

提出日は本日。講義がはじまる前に、もういちどだけ博物館へと訪れたタイミングだった。そこで、くだんの縄文土器がバラバラに壊れているのを発見した。展示室に二十個ほどの破片が散らばっていたのだ。

「でも、やっぱりおかしい。スケッチしていた土器は、傷ひとつなく綺麗だったんです。火焔型土器《かえんがたどき》っていう……こう、口縁のかたちが炎みたいにうねっていて、触ると表面はつやつやしていて、紋様もくっきりしてた。破損がある土器じゃなかった。……ひとりでにバラバラに壊れるはずないのに」

「縄文土器の割れ方からして、何者かの作為がある、と？」

「そこまでは……言いませんけど…………」

　話してみて、わかってきた。

　本心では不服だったんだ。弁解も主張もできなかった自分が悔しくて、情けなかった。大講義室で教授から名指しされて、焦りに焦って、だれにも言い返せなかった。あのとき冷静さを欠いていたのは確かだ。

　だとしても、あれは一方的だっていまなら言える。

「あの……信じてくれますか」

「信じますよ。麻冬さんが見たものは、前日の綺麗な土器と、早朝のかたちが崩れていた土器。それだけなのでしょう？」

あたりまえです。と、清乃さんがあっさり認める。認めてくれる。

堪《こら》えきれず脱力してしまった。急に頭を抱えこんで顔を伏せて、その場にしゃがみこむ女子大生はなかなかに不審者だろう。でも、ちょっと、これは、安堵がいきなり襲ってきて、我慢していた気持ちが決壊しそうで、限界だった。これでも元・柔道部だ。高校時代は現役バリバリの体育会系だった。合言葉は忍耐だ。メンタルくらい自分で調整できる。

できるはずなのに。

「麻冬さん。誤解されて悲しかったたって、言ってもいいんですよ」

頭のてっぺんに降りそそぐ、慈雨のような呼びかけが、優しすぎてだめだった。

こらえていたはずの反発が、勝手にあふれてくる。

「ただ——見たものをそのまま言っただけ。それだけ、それだけなんです。なのに、なんでわたし、大講義室で立たされて、あんなこと言われなきゃいけなかったんですか！　ああもう、ムカつく……！　九谷教授のあほんだら……！」

顔をあげると、清乃さんが笑っていた。顔がカアーッと熱くなる。

「す、すみませんっ！　気持ちがたかぶると、つい」

「いいえ。溜めこむばかりでは爆発しますから」

初対面のひとを相手に、愚痴をこぼして激怒しているわたしはいったい何様だ。

清乃さんは聞き上手なのだろう。

女子大生の醜態なんて見苦しいだけなのに、さらりと受け流してくれている。

「ありがとうございました。あの……わたし、帰りますね」

ゴム手袋とカーディガンを返却する。と、清乃さんは驚いた顔をした。

「え？　ここで帰られるんですか？」

「えっ？　話して、流して、あとすっきり。そういうつもり……でしたよね？」

顔を見合わせる。

清乃さんは控えめに口もとをすぼめた。

「麻冬さんが納得されているのなら……。そうですね、部外者がお節介を焼くべきことでは……」

「清乃さん。ひょっとして、なにかつかみました？」

ここは切り込むべきだと思った。とうに遠慮は捨てたのだ。

清乃さんは金継ぎをしていたときのような、鋭い目をみせた。

「まだ確信はありません。……ですが、麻冬さんの話から真相の目星はつきました」

やっぱり。頭の切れるひとだ。

お茶請け話を聞いただけで、謎が解けてしまう名探偵。そんな虚構じみた想像が頭に浮かぶ。想像上にしか居ないのだと知りつつも、もしもシャーロック・ホームズがいるなら手紙を出したかったし、拝み屋でも敏腕刑事でも、頼れるだれかを探していたように思う。

まさか迷い込んだ路地の裏手の陶磁器店で、壊れモノを繕う手の主に巡りあうとは、思いもしなかった。

いま、わたしが信じたいのはこのひとだ。

清乃さんの腕をつかむ。

「どうしたら確信に変わりますか。この件なら、出るとこ出れますよ」

「落ち着いてください。ここは調査会社でも探偵事務所でもないことをお忘れなく。短慮は不幸を招きます」

ならばどう動けと。

清乃さんはこほんと咳払いをした。

「では――出張修繕を依頼してくださいますか？」

出張修繕とは――。

清乃さんの店・木蓮陶房が提供しているサービスだ。うつわの修繕依頼に応えるために、店主である清乃さんがみずから出向く。うつわがある場所ならば、どこへでも行く。

そもそも木蓮陶房に持ち込まれるうつわは、高価なものが多い。一点モノの焼き物や、思い出の皿、展示のための美術工芸品……などなど。運搬に難がある状態のうつわもある。

修繕道具を鞄にいれて、清乃さんが持ち主の自宅を訪ねる機会もあるそうだ。顧客は老若男女さまざまで、都内在住のかたが約半数。

このたびの出張先は、自由が丘の高級住宅街ではなく……。

「本日はお招きいただきありがとうございます。木蓮陶房の棗芽です」

英明大学にある附属博物館。

一階のひろびろとした展示室に、清乃さんがいた。昨日ぶりの対面だ。

博物館といっても設備は質素なものだ。上野の東京国立博物館のような絢爛《けんらん》さはなく、客を呼べるような大型展示の催しはない。

だが、保管や研究もまた博物館の大事な役割である。ここには大学の研究員も出入りしている。わたしの所属する人文社会学部の教授陣も、博物館に遺物をもち込んだり、資料を探しにきたりするようだ。

「これはこれはご丁寧に……。清乃さん、そうかしこまらないでください」

「無用で大学には入れませんから。これも手続きですよ」

大学に招いたのはわたしだ。

昨日の工房でのやりとりのあと。清乃さんに実物を見にきてもらうことになった。割れた縄文土器について詳しく知りたいとのこと。これから説明だけでは確証が得られなかったことを、調べる。

そのために来校してもらった。

「英明大学のキャンパスは広大ですね。附属博物館も資料が充実していますし、敷地内の学生さんものびのびと学問に励んでいるようにお見受けしました」

清乃さんが感嘆するのも、よくわかる。

武蔵野という郊外に立地する私立大学であるため、キャンパスが広いのだ。正門からつづく銀杏並木を抜けた先には、赤煉瓦づくりの校舎が何棟もそびえ、アカデミックな環境の品格を感じさせてくれる。敷地内にたつチャペルには、休日には結婚式をあげる人も訪れるそうだ。

ちなみに、附属博物館はあまり学生には人気のないスポットだ。

「清乃さん、英明の武蔵野キャンパスははじめてですか？」

「ええ。学生の頃は吉祥寺はあまり。美大で漆工芸を学んでいましたから」

わたしからすると、そちらのほうが異世界だ。

「英明の博物館は考古学資料の宝庫のようですね。すこしばかり眺めても？」

「もちろん。でも……なんか、意外です。学問としての考古学って『インディ・ジョーンズ』みたいに派手じゃないし、ひとに説明しにくいですし……清乃さんが関心あるなんて」

「それは私の仕事にも関わるものだから、ですね」

そういえば、漆は縄文時代から……と、昨日も教えてくれた。

「漆の歴史は軽く千年を遡れます。漆を塗った製品は劣化がしにくくなるのですが、その保存効果は数千年にもおよぶんです。良好な状態で、麗しい光沢をたもったまま、道具を活かせる。そんな高度な加工技術が、縄文時代にはすでに完成していた。そう思うと、繕いは、長く継がれてきたわざだと実感できます」

静かな物腰に反して、漆のことになると多弁で博学なひとだ。

わたしよりもはるかに詳しい。大学で考古学の講義を履修していたとしても、学部生の知識は知れたものだけれども、驚いてしまう。自分にかかわるものだと関心をもつだけで、それほど豊かに知の営みと向き合えるものなのか。

「そっか……。清乃さんの心は縄文人なんですね……」

「麻冬さん？　そういうことは、口にだすものではありませんよ？」

古きよき伝統を重んじていると、伝えたかったのだけど。

そのまま展示室を案内することになった。天井がアーチ状になっている縦方向に長い部屋だ。静けさに満ちた空間は、クリームのないロールケーキの空洞のなかにいるような錯覚を運んでくる。

展示品は壁沿いに並んでいる。資料を守るガラスはない。資料は一定の間隔をおいて、展示台に設置されていた。大小さまざまな縄文土器がずらりと並ぶと壮観だ。

ひとつひとつにプレートが付され、使用年代と名称が刻まれている。レプリカには『模造品』とも書いてあった。

深鉢形土器《ふかばちがたどき》と呼ばれる、底がとがった土器が目についた。

「この距離だと縄紋《じょうもん》もよく見えますね」

「土器の表面にきざまれている、この紋様のことですね？」

縄文土器の名前の由来にもなっている特徴だ。

古代史のなかでも、縄文はおもしろい時代なのだ。日本全国各地の遺跡から出土している土器には、統一感がまったくない。火炎を模した土器、草木のような紋様が刻まれた土器、幾何学模様らしき謎の線が走る土器。この国に稲作が普及する前、狩猟採集をしながら生きていた縄文人たちが、それぞれの文化圏の特色を織り込んだ土器。それが弥生時代にくだっていくと、特徴が消えてのっぺりとしたかたちに統一されていく。

と、講義で習ったことがある。

「ここにあるのは、修復した土器が多いようですね」

言われてみれば、そうかもしれない。

ちょうどいま眺めている深鉢形土器も、表面には亀裂が走っている。バラバラになった破片を繋げた修復跡だ。土器をみつめる清乃さんは真剣そのもので、横顔を盗み見ているわたしの視線には気づいていない。

モデルのように背が高く、装いも大人びた清乃さん。

銀の耳飾りが映えていて、首までおおう京紫のトップスとのバランスも絶妙だ。華美すぎず、さりげなくも品がいい。センス抜群だ。

こういうひとの隣を歩くのは緊張する。運動靴を学生寮の玄関において、慣れないヒールを履いてきたのは正解だった。五センチぶんの背伸びは、平均身長の目線をすこしだけ高くしてくれる。

「麻冬さん。展示について、気になったのですが……」

清乃さんが振り向いた。

同等の高さで、目があう。はっとして息を呑む。

「……お邪魔っすよね」

背後から、声をかけられた。

左側の通路に首をめぐらすと、ひょろりとした青年が立っていた。

「ども。院生の越前《えちぜん》です。そこ掃除するんで、よそでどうぞ」

院生。英明大学に附属する大学院の学生。つまり先輩だ。

越前先輩は鳥の巣みたいな癖のある頭髪をしていた。前髪が額を隠していて、もさもさした毛先がまぶたにかかっている。両腕でプラスチック容器を抱えているが、その前髪で見えているのだろうか。骨張った腕は、肘まで長さのある軍手に覆われていた。

気のせいかな。どこかで見覚えがあるような……。でも、大学院生の知り合いはいない。

釈然としないまま挨拶をする。

「わたし、ここの学部生です。越前先輩は……」

越前先輩は遺物の運搬中だったらしい。

土器のはいったプラスチック容器が床に置かれる。

と、すぐさま指をさされた。

「あんた知ってる。九谷教授の講義でやらかしたひとだろ。土器破壊女？」

「破壊……？　もしかして昨日のことです⁉」

なぜどうしてすでに大学院生にまで昨日の講義の出来事がシェアされているのでしょうか。

「九谷教授の研究室で世話になってるから、本人から直接。二年の…………花岬だっけ。あの教授さ、けっこう細かくてうるさいだろ。大学教授ってどーしてあんなんだろな」

越前先輩は口の端を片側だけつりあげた。気さくなひとなのだろう。その距離感が、いまはふくざつな心境を招く。

「講義は明快でわかりやすかったですよ」

「それで学生人気だけはあるよな。……俺、一年のとき履修希望者多数で抽選漏れ」

そうだ。九谷教授の考古学講義は人気なのだ。専門家向けの本のほかにも一般書も出版していて、書店の通販ランキングで一位を獲得したこともある。学外での名声も高い。

「で、そちらは……」

このときの越前先輩は怪演だった。

清乃さんを見るなり、ふらりとよろめいて三歩後ずさる。それからダッシュで通路まで走って逃げて、最後にわたしを手招いた。仕方ないので話をうかがいにいく。

近づくと、臭った。

……これ、生乾きの洗濯物のにおいだ。そこで注意深く先輩を観察すると、上着のジャンパーが湿っている。越前先輩は気にしていなさそうだ。

「なに？　土器破壊したら表参道美人と知り合えんの？　卑怯だぞ。どういう手を使ったのか吐け」

「清乃さんに聞こえますって。本人いるのにヒソヒソしないでくださいよ」

色に出るどころじゃない。越前先輩、態度にだしすぎだ。

美しさに唖然とする気持ちはつたわるけど、露骨なのはどうなんだ。清乃さんに対して失礼だろう。

「はあ……。詳細知らんけど、学部生は気楽でいいな。こっちは徹夜で論文しあげたところに、九谷教授のこま使いとして召喚されて、泊まりこみでずっと博物館まわりの手伝いだ……しかも謝礼なしの奴隷」

「さいですか。大学院生って大変なんですね……」

「マジで彼女ほしい……。頼む、花岬。あの美人紹介してくれ」

恋バナに脈絡がない。ここは話題を変えよう。

「九谷教授のこま使いって、なにをなさるんですか？」

「一言でいうと、雑用全般」

博物館の資料管理は、九谷教授がとりしきっているらしい。

いまは遺跡から発掘してきたばかりの土器の修復をすすめているそうで、越前先輩も連日、作業に明け暮れているらしい。

「手を動かしてると、頭は勝手にいやな方向に傾くんだよな……。大学院生ってだけで、モラトリアムをさらに延長してるって非難される。もっと研究がしたい、それだけだってのに……文系学生ってだけで損だよ。工学や化学系とちがって研究が仕事に直結しにくいから、それって役に立つのか？　って、ツッコまれっぱなし」

越前先輩は口をとがらせていた。

将来の夢も、やりたいことも見つかっていないわたしからすると、覚悟をもって大学院に進んでいる先輩は毅然として見える。ただ、熱意だけで突っ走れるほど、学問の世界は甘くはないのだろう。

「先輩は……卒業来年ですか？」

「いいや。大学院に残る。研究者志望だから、ポスト九谷目指す」

展示室では清乃さんが待っている。

学生同士の内緒話を長引かせるのも、気がひけた。越前先輩を連れてもどる。

「待たせてすみません。……っと……清乃さん、でした？　当館へようこそ」

ほのかに顔が赤い。廊下でのうらぶれた顔はどこへやら、紳士的ですらある。

越前先輩が急に学芸員をきどりはじめた理由は明らかだったので、ひとまず黙って見守っておく。

「麻冬さんのお知り合いだったんですね」

「彼女は当大学の有名人なので俺が一方的に知っていただけっすね。つい昨日まで一切無関係です。体育会系女子は専門外っす」

「はは……。有名人になりたくてなったつもり、ないですねー……」

あいの手を入れながらも、笑顔が引きつった。

「ところで清乃さん、バックヤードツアーにご興味はありませんか？　俺、ここで働いているんです。大学博物館のちょっと公開できないところまで、ご案内しますけど？」

「まあ、よろしいんですか。では麻冬さんもぜひご一緒に」

もちろん清乃さんをひとりで行かせるつもりはない。

………くそ。こうなったら、もうヤケだ。ゼミの飲み会で羽目を外すみたいに無理やり気分をあげて、腹に力をこめて叫ぶ。力いっぱい頭を下げるのは、女子柔道部で何百人と組手をしあった高校時代に慣れている。

「オッス！　よろしくお願いしアッす、先輩ッ！」

　一瞬、場が凍ったのは、言うまでもない。


　こうして、英明大学附属博物館バックヤードツアーが始まった。

「関係者以外立ち入り禁止」の立て札を越えて、通路へでる。このあたりは、学部生のわたしにとっても、授業外で足を踏み入れる機会はない。越前先輩はぺらぺらと蘊蓄《うんちく》を披露しながら、廊下をぐんぐん進んでいく。

　不安になりつつも、背中を追いかける。

「英明は全国的にみて有名な大学ではないんですけど、考古学界ではそこそこの知名度なんすよ。とくに関東圏の発掘調査には、一枚どころか二、三十枚は噛んでます。歴史的に。たとえば品川あたりにある大森貝塚ってのが、明治期に日本で初めて発掘調査された史跡なんですけど、あそこからは国の重要文化財がごろごろ出土してる。うちの教授陣の重鎮ともなると、最初にあそこを調べた学者とのつながりもあるそうで」

　研究者を目指しているだけある。越前先輩は意外とまじめだ。

　講義で教授が話すのと変わらない速度で、知らない単語がぽんぽん飛び出てくる。

「つっても、考古学は基本的に泥臭い。遺物を掘りあてるまでが長いし、根気が必要。そんでもって、史跡で出土した土器が、完全な状態で見つかることはごくまれ。バラバラになった破片を持ちかえって……」

「繋げて直す。そこまでなさるそうですね」

清乃さんが続きを拾う。

得意げだった越前先輩は、ほのかに鼻じろんだ。

「あ、はい……そっすね。修復には、手先の器用さが求められるんで」

重たそうな鉄扉の前にたどり着いた。ドアノブに手をそえて、越前先輩は表情をつくった。またも左右不均衡なほほえみだ。

「で、ここがその修復室。――ようこそ、英明大が誇る叡智の裏がわへ」

扉が開く。

修復室のなかは、ひんやりとしていた。

雑然と物が置かれた一室は、清乃さんの工房と似ていた。広々とした作業デスク。棚や修繕道具。室内にあるのは無数のプラスチックの箱と、修復途中らしき土器のかけら。ただし明らかにちがったのは、そこかしこに生活痕があるところだ。

じっくりと観察をせずとも、部屋の隅に寝袋があるのが発見できた。布団もある。エル字型のソファには、黄ばんだタオルケット。それから鴨居にかかったジャンパーなどの洗濯物。……泊まりこみでの作業もあるって、言っていたっけ。

「ああッ！」と先輩が叫ぶ。理由は明らかだ。

修復室には先客がいたのだ。

「九谷教授……」

「越前君。出かけていたのか。そちらのお嬢さんがたは？」

英明大学人文社会学部の名物教授。考古学コースの碩学。背が低く、丸顔ながらも顔はいかつく、熟練のスナイパーのような老翁《ろうおう》だ。

九谷教授の眉間には、いつもより深く皺が寄っていた。

「学部二年の花岬です。講義では、お世話になってます……」

「きみは…………。ああ…………講義では、すまなかったね。学会前で気が立っていたのだが……教鞭をとる立場で、弁明はよろしくないな」

あれ。予想に反して、九谷教授は穏やかだった。講義室でみせたようなけわしさはない。

軽く頭を下げられてしまい、恐縮してしまう。

呆気にとられていると、越前先輩があいだに割ってはいってくる。

「教授？　こんな時間においでになるとは、どうかなさったんで？」

「越前君。きみに会いに来たんだが。査読中の論文があったろう。読んでるうちに頭が痛くなってきてね……あの粗さはなんとか直らんのか。博士号とるつもりだろう？」

「う、ははは……………。勘弁してください、俺きょうはデキル男を気取りたいんです本気で」

越前先輩の化けの皮がはがれている。見るも無惨な有様だった。

いちおう、清乃さんをうかがっておくと、無反応だった。修復室の設備が気になるのか、部屋の奥をじっと睨むように見つめている。

声をかけづらい雰囲気だったので、邪魔をしないように距離をとる。

大学院生と名物教授は、額をあわせて話し込んでいるようだった。

「で、頼んでいたアレはどうかね」

「あー、アレですか。あーはい。アレなら直り次第、再展示しますって」

アレ。アレってなんだ。

九谷教授と越前先輩は、かなりちかしい関係らしい。研究室の所属にもなると、密接に関わる機会が多いのだろう。学会や講義の手伝いを任せられることもあるそうだし、師弟関係とでも呼べばいいかな。だとすると……。さきほど教授のことを悪く言っていたのは、先輩なりの愛情表現かもしれない。

手をあげて、質問役の生徒に徹する。

「質問いいですかー。アレってなんですか、越前先輩。まだツアー中ですよね？」

「えー。前方のデスクに見えてきましたのは、花岬くんがご粉砕くださいました縄文土器でございます、ぜ……！　困った後輩だよな……！」

観光バスの添乗員か。

越前先輩が手のひらで指し示す先には――。

「あれ…………？」

土器があった。

でも――……。見間違いだろうかと疑って、デスクへ近づく。

と、除湿機に足をとられてコケそうになった。

「大丈夫ですか、麻冬さん」

「清乃さん!?　すっ、すみません」

間髪入れず清乃さんに腕をつかんでもらったおかげで、倒れずにすんだ。

それにしても修復室は汚すぎる。除湿機のほかにも床に物が散乱しているし、仮にも都内の私立大学の施設なのかと疑いたくなるほど設備が古かった。この汚らしさは男子的にはセーフな塩梅なのか。

「この修復室は…………良い環境、とは言えませんね」

清乃さんも気になるらしい。

その目線は、作業デスクの上にある土器へとそそがれていた。

大きく丸い壺のかたちをした土器だ。高台に楕円形の胴がのっており、ほそく短い首が天に向かって伸びている。食料を保存するための容器として使われていた……と、講義では解説されていた。

　土器はまだ修復中だった。右半分には繋ぎ目の亀裂、左半分はごっそりと欠けていて、デスクの上にはまだ割れた破片がいくつも散らばっている。

　修復途中の破片の断面にはツヤツヤと透明な膜が張っていた。

「こちらの土器の修復には、漆を使われていますね」

「そうなんですよ。この修復、これがけっこう大変で……」

　越前先輩が気苦労を語るのを、清乃さんは静かに聞いていた。

　しばらく話し込んでいると、九谷教授が「おぅい」と越前先輩に呼びかけた。手招きして彼を呼ぶ。追加の頼み事があるそうだ。名残惜しげに越前先輩がデスクを離れる。

　すぐに、清乃さんがわたしの腕を引いた。甘く渋い漆の香りが鼻腔をかすめて、耳元に吐息がかかる。

　くすぐったい。ひそやかな声が鼓膜に響く。

「麻冬さん。お願いしたいことがあります。…………学外で話をしたいひとがいます。誠に申し訳ありませんが、お呼びたてをお願いできますでしょうか」

「九谷教授ですか？　忙しいみたいですから、どうかな……時間作ってもらえるかな」

「いいえ。……あちらの方です」

　清乃さんが指名したのは、越前先輩だった。

2

附属博物館バックヤードツアーのあと……。なにをしても誤解を招きそうで気が引けたものの、これしかないと思い、もう率直に「清乃さんから先輩に話があるそうで……」と伝えたら、先輩は文字通り飛び上がった。体力測定の垂直跳び新記録かと思った。すごかった。……呆れた。

しかし、三人で話す時間はとれず、明日に持ち越しになった。

木蓮陶房まで足を運んでもらうよう越前先輩を説得して、解散になった。

その後、ひとりで大学の敷地内を歩いていると、どっと疲れが身体に襲ってきた。新学期早々、思わぬ事態に遭遇したからだ。

きょうは早く休もう——と、心に決めて帰路を歩く。

道の先に、すっかり見慣れた学生寮を見つけてようやく一息つけた。

吉祥寺東分寮。英明大学の裏手にひっそりとそびえる、古式ゆかしいおんぼろ寮だ。三階建ての木造住宅ですでに築四十年を超えている。年輪を重ねに重ねた代償として、外壁には蔦がはびこり、屋根には修理のあとが目立つ。とはいえ、住めばみやこだ。学生たちにとっては憩《いこ》いの住まいなのだ。

建物は男子棟と女子棟の二棟。それぞれにキッチンと浴場があり、寮生たちが代わる代わる使っている。清掃や備品の補充は当番制。学生の自治が行き届いているから、共用スペースはちょっと意外なほど小綺麗だ。

玄関をぬけて、一階のロビーへ。

ちょうど、二階から誰かが階段をおりてくるタイミングだった。

相手の顔を目の当たりにして、驚く。

……越前先輩だ。

おかしいな。ここは男子禁制のはずだけど……。

越前先輩はすぐにこちらに気づいたようで、活気にあふれた挨拶が飛んできた。

「よう、花岬！　博物館では世話になったな！」

「はあ……。なんかご機嫌ですね、越前先輩」

越前先輩は腕組みをしながら、顎先を撫でていた。

「そりゃあんな美人から好かれたら、悪い気しないだろ。清乃さん……清乃さんかぁ。きれいな人だったよなあ……。在学六年目にしてついにきちまったな、俺の時代が……！」

清乃さんからの伝言を伝えてから、ずっとこんな調子だ。良いお兄さんなのだけど……

調子に乗りやすい性格なのだとも思う。

それにしてもなぜ学生寮に。しかも女子棟に。

いぶかしみながらジロジロと様子をうかがってから、ふとある可能性に思い至る。

「ひょっとして……越前先輩って男子棟に住んでますか？」

博物館では、どこかで見覚えがあるんじゃないかと感じていた。

学生寮の住人だったなら納得はいく。ただし、同じ棟内でもなければ寮生同士で親睦を深める機会はすくない。男子棟の学生とはほとんど面識はないけど、同じ寮に住んでいれば、朝夕にすれ違ったこともありそうだ。

「そうそう。なんなら長老だよ。大学院まで残る学生って、うちのゼミだとめずらしいし、ここの寮生は良い物件と出会ったらすぐ出ていくしな」

やはり東京っ子は引っ越しが多いらしい。

越前先輩がいうには、男子寮は老朽化が進んでいて、住民の入れ替わりも激しいようだ。五年以上も住んでいるのは先輩ひとりだけになる。長く住んだからこそ寮内の設備には、人一倍に詳しいのだろう。

女子寮にいるのも、下級生からの相談あってのことだそうだ。蛍光灯の交換を手伝うため、男子棟から梯子を担いできたらしい。本人いわく「長老」として、寮内の自治管理には積極的に関わっている様子だ。

「面倒見いいんですね。女子棟のぶんも助かります」

「英明大には……思い入れあるし、このくらいのボランティアなら、な」

「英明に？」

「ウチの大学には九谷教授がいるだろ。名物教授として。じつは入学前から、あの人のゼミで学ぶって決めてた。だから……大学や寮には愛着があんだよ」

我ながら頑固一徹ってかね。と、先輩は苦笑する。

入学から五年以上、九谷教授について学ぶ日々は充実しているようだ。

「花岬も、もし考古学専攻に進むなら覚悟しとけよ」

「わたし……九谷教授の心証、悪くしてますし……」

「あー……昨日の、な。九谷教授が怒るのは久しぶりに見たな……。こえぇの、なんの。あのとき割れた土器回収するために、大講義室にいたんだけどさ……完全にブルったわ」

そうか。越前先輩も、あの凍りついた大講義室にいたんだ。

震えながら話す場面もばっちり見られていたようだ。

「ま、気に病むなよ」

先輩はそう言うものの、昨日のできごとはトラウマだ。

博物館で壊れた土器を発見して、焦りに焦ったまま職員に報告したら、九谷教授にも伝わった。事情を説明するまでもなく、大講義室で頭ごなしに説教をされて……思い出したら、散々な一日だった。

怒り心頭に発していた九谷教授の剣幕は、かなりこわかった。

「そういえば。なんで早朝から博物館にいたんだ？」

「ああ、それは……。課題のスケッチを修正したかったから、です。一週間前に一枚、完成させたんですけど……。提出前にもう一度見直したら、ふと描きなおしたくなって」

「それで朝からひとりで展示見にきたのか？　慎重なんだか大胆なんだか」

朝から割れた土器を見つけて、犯人扱いされるなんて考えもしなかった。

「心配性なんです。いいじゃないですか」

「はいはい真面目でけっこう。……あ。真面目といえば、清乃さん……」

越前先輩の目もとがとろん、と垂れた。恍惚の色が重なる。

「吉祥寺のはずれでひとりでお店経営してるって、いわくありげでいいよなぁ。しかも超美人。……なあ、再三聞くけどさ、どうやって知り合ったんだ？」

「それは…………。なりゆき、です」

「ふーん……。ま、学部生はあちこち行けて気楽なもんだな」

それだけ告げると、越前先輩は二階へと戻っていった。梯子の運搬に戻るのだそうだ。

一刻も早く自室で休みたかったけど、また鉢合わせするのはいやだった。共用キッチンで夜食でも作りながら、時間をつぶそうかと思いつく。

学生寮で暮らし始めてからは、自炊をする日が増えた。料理は好きだ。得意ってほどではないけど、実家住まいの頃に祖母に教わったおかげで手間のかかる下拵《したごしら》えも苦ではない。

おいしいものは人生を豊かに彩ってくれるものだ。

それを分かち合える相手がいれば尚のこと箸がすすむ。だから、寮生と会えばおすそ分けもはかどるのだけど、今日にかぎっては誰もつかまらない。

しかたない、か。

秋鮭をホイル焼きにして、手早く主菜を一品つくる。白い蒸気をはきだす炊飯器からお米をよそってから、食器棚から皿をとろうとして、ふと手がとまる。

「そうだ……。木蓮陶房で見たうつわ、きれいだったなぁ……」

日中のやりとりを思い出しながら、ひとりごちる。

清乃さんは土器が割れた件の真相を見抜いていた。話を聞いただけで目星がついてしまうのだから、やはり聡明なひとだ。大学での調査を終えて、推論は確信に変わったとも教えてくれた。

その推論を聞いて、わたしも納得はできた。それでもまだ不安はつのる。

「きっと、大丈夫だよね……」

胸に巣くうもやもやをやり過ごしたくて、せめて食事で気をそらそうとする。けど、身がひきしまった秋鮭はしょっぱい味がして、食欲はそそられなかった。

翌日。越前先輩は、約束の時間どおりに木蓮陶房までやってきた。

「よう、花岬！　きのうはご苦労アンドありがとな！」

青年は嬉々として店に現れた。髪はワックスで固めていて、服装は黒を基調としたジャケットスタイルだ。こころなしかいい匂いもする。ここぞとばかりにキメているようだ。

「で、清乃さんは？」

「奥の工房でお待ちのようですよ」

店内から工房へ。先輩は長袖着用だったため、かぶれ防止のゴム手袋だけを渡しておく。わたしもこのためにパーカーを羽織ってきた。

「ようこそいらっしゃいました。店主の棗芽清乃です」

工房での清乃さんは、艶めく長髪をひとつに束ねた職人スタイルだ。ヘアアレンジの編み込みが花冠みたい。無地のワンピースは紅葉色で、これから深まる秋の季節にもぴったりだった。こんなひとが銀杏並木を歩いていたら、十人中八人はＣＭ撮影だと思い込むはず。

「漆とうつわの商いをしております。私の生業は、お客様からお預かりした品を修繕すること」

越前先輩の口もとには、ニヒルな笑み。

「へえ……。やっぱり俺たち、話が合いそうだ」

「そうでしょうか。越前様とは、価値観を共有できないように思います」

「清乃さんっていくつですか？　俺、年上好きです」

声がうわずる。先輩の喉仏が上下する。

「あのー。お客さま、店内での口説きはお控えくださいますかぁ」

流れをぶったぎろうと背後から声をかけたら、越前先輩はげんなりした。

「花岬ぃ…………」

「大学だと部外者に話を聞かれるリスクがあったので、ここに呼んだんです。これからする話って、たぶん越前先輩の将来にも関係があります」

冷静に、ためらわず、なるべく一言一句、明瞭に発声した。

わたしたちの緊張を、越前先輩も察知したのだろう。目元がぎゅっと引き締まる。

大丈夫だ。越前先輩はむやみに暴れるようなひとではない。もし……なにかあっても二対一。筋肉のつきかたからして相手に武道の心得はない。待機姿勢にも隙が多い。大学生になってからは試合はご無沙汰だが、速攻をかけて一本とるくらいはいけるだろう。

清乃さんは陶人形にでもなったように、淡々と告げた。

「展示室にあった縄文土器を壊したのは、越前様ですね」

越前先輩の表情が凍りつく。

「は…………？　な、なんだよ」

「より正確には、土器の修復をご担当されたものの、不完全な繕いをしてしまった。そしてそれを、隠蔽した……。ちがいますか？」

沈黙――。清乃さんの問いに答える者はいなかった。

それでも彼女は凛とした背筋を折ろうとはしない。

「はじめから状況を整理しましょうか。二日前、麻冬さんは課題のスケッチを直すために、早朝から博物館へと訪れていたそうですね」

清乃さんから向けられた視線を受けとめて、こくりと頷く。

考古学演習Iの講義課題だ。提出日は、初回の講義当日。

これでも用意周到な性格だ。締め切り直前になると博物館が学生であふれるだろうと見越して、提出日の一週間ほど前にスケッチをすませておいた。しかし、前日の夜に課題を見返したところ、急に不安が襲ってきた。

問題文はこうだった。

〈博物館にある縄文土器を観察しながら、スケッチを最低1枚しあげること。ただし、展示室にある模造品のスケッチは無効とする。〉

わたしがスケッチブックに描いた土器は、火焔型土器だった。装飾の美しさに惹かれてこれと決めて描写した。スケッチを進めていた時は、作業に夢中だった。だから展示室のプレートの表記を見過ごしていた。

不安だった。提出直前に、自分の失敗に気づいたから。

ひょっとして、わたしの描いた土器は模造品ではないか、と。

なぜなら――。

「縄文土器が完全な状態で出土することは、ごくまれです。もちろん、発掘された遺物のなかには状態の良いものもあるでしょう。しかし、保全の関係から、資料的価値の高いものが一般学生の手に触れられる場所におかれる可能性は、低い……と考えられます」

説明をしたのは清乃さんだ。続きを拾う。

「わたしがスケッチしていた火焔型土器……傷ひとつなく綺麗な状態でした。表面にひび割れなんてなかった。……模造品だったんです」

博物館の修復室で「修復途中の土器」を見たときは驚いた。

大きく丸い壺の土器だった。スケッチブックに描いた火焔型土器と、まるで形がちがったのだ。あのときこそ疑念は確信へと変わった。

「しかし、まだ謎が残ります。早朝の博物館。麻冬さんが見つけたのは、バラバラになった縄文土器。崩れて、壊れた、破片だけ」

「あの朝、プレートも確認しました。……模造品だとは、書いてなかった」

二口前の早朝。博物館で。バラバラになった縄文土器を見つけて、わたしは焦りに焦った。

館内で待機をしていた受付スタッフに声をかけ、報告した。一限目の開始時刻が迫っていたので、そのまま講義棟へと移動して、九谷教授と対面した。

あのときの教授は、怒り心頭に発していた。だれの弁解もいっさい聞く耳を持たない状態だった。

講義室にやってきた九谷教授は、博物館から土器のかけらを持ってきていたのだ。

「麻冬さんが目にしたものが、すべて真実ならば。講義の前日に、博物館ではあることが起きていたはずです。越前様なら、答えを知っているのではありませんか」

「さあ……わかりませんね。出入りしてるとはいえ、俺はただの学生なんで」

「左様でございますか。それでは、僭越ながら、私の推察を述べさせていただきます。

――展示していた土器の入れ替えをされたのではありませんか？」

越前先輩は、苦虫を噛み潰したような顔をしてみせた。

視線が泳ぐ。拳が握られる。そして一歩も動かない。

「越前様は、修復を終えた土器を展示室に戻した。プレートも含めて、模造品と入れ替えた」

名前を呼ばれて、青年は力なく苦笑した。

「はは……。…………あんた、まるで見てきたみたいに言いますね」

その反応がすべてを物語っていた。

真相はこうだ。わたしがスケッチした火焔型土器の模造品は、三日前の夜に展示室から撤去された。代わりに展示した丸い壺型の土器の修復は不十分で、翌朝までの間に壊れてバラバラになってしまった。

そして早朝、開館時間とともに現れたわたしが壊れた土器を発見する。

その間、越前先輩は博物館に泊まりこんでいたのだろう。

土器が壊れた理由も、彼は知っていたはずだ。

修復材として使われる漆は、雨天ほどよく乾く性質をもつ。保管場所の湿度を高く保たなければ硬化しない。修復室には洗濯物が干してあり、除湿機があった。なかは乾燥していたはずだ。湿度が足りず、丸い壺型の土器をつないだ漆は、完全には固まらなかった。

そうと気づかずに、修復を終えたと思い込んだ越前先輩は博物館に展示した。

失敗に気がついたとき、彼はなにを思ったのだろう。

自分の代わりに学部生が犯人扱いされて、どう感じたのだろう。

失望を噛み殺しながら、わたしは清乃さんの前にでる。

「清乃さん、もう充分です。……ありがとうございます。…………すみません、こんなことしてもらって」

「どうぞお構いなく。私なら平気ですよ、麻冬さん」

清乃さんは優しい。態度を表情にださないひとだから、ミステリアスですらある。だからといって、甘えすぎてはいけないだろう。

「越前先輩。……清乃さんが、ボランティアでこんなことしてると、思いますか。わたしが依頼したんです。……先輩が、話さないから。先輩が隠したから。…………ショックでした。大学の研究室にいるひとが、自己弁護のために傷《ミス》を隠したこと」

「……クソッ……、うまくやれたと、思ってたんだけどな」

越前先輩は壁ぎわへと歩み寄った。

窓からさしこむ西陽《にしび》は、工房を切ないほどの山吹色に染めあげていく。さやさやと風が吹き込む。早咲きの金木犀が香って、黄昏のなかで郷愁を誘う。

とうに赤や黄の彩りが豊かに燃えあがる季節だ。夏の名残で日はまだ長いのに、涼しくて寒いくらいだった。

「…………俺さ、研究室に残りたいんだ。学部四年でまわりの奴らが就職していくあいだもずっと、九谷教授について発掘して、調査して、院の入学試験通って、院生になって…………やっと、すこしは信頼してもらえた。認めてもらえた。でもまだ足りない。足りないんだよ、まったく。…………こんなところで、くだらない失敗《ミス》に足をとられてる場合じゃない。失敗したらだめなんだよ、俺はさ」

研究者の道は、狭き門だと聞いたことがある。

激しい競争があるのだろう。神経を消耗することもあるのだろう。想像をすればするほど、さまざまな憶測が頭をかけめぐる。

越前先輩はあっけらかんとしていた。

「だから………ごめん。花岬に泥をかぶってほしかった。学部生なら、やりなおしがきくだろ?」

そんなことのために。

唇を噛む。心の痛みには特効薬がない。尺度もない。傷の比較はできない。わたしたちは無意識に自分を最優先して、都合がいいとか、役に立つとか、頭が良いとか、ラベルを貼って順位をつける。ひとは冷たい。数字以外に信じられる基準がない世界では、無様に折れて崩れたものは見向きもされない。

そうとわかっても。痛む胸は、抉《えぐ》れて割れてできた傷は、なくならない。

「先輩には……叶えたい夢があるんですね」

「……そうだな。……ああ、そうだよ。夢なんて綺麗な嘘つくかよ、こんなの業だよ」

その時こそ、越前先輩は悲痛に叫んでいた。

彼に尋ねる。

「無関係の他人を巻き込んででも、叶えたいですか?」

「九谷教授の後釜狙ってるやつが、この世に何人いると思ってるんだよ……。俺なんて研究室じゃ無力なヒヨッコだぞ。…………叶えたいよ、それでも」

「…………わかりました。…………いいですよ」

承諾すると、越前先輩はぽかんと口をあけた。

「…………え？　は？　はぁ!?」

「広まった噂は撤回できませんよね。嫌ですけど……土器破壊女の汚名は、しかたなくかぶっておきます。ひとの口に戸は立てられない。けれど噂は七十五日で霧散する。そのくらいなら、まあ、なんとか……ほんと、嫌ですけど…………」

怒りに任せて断罪をするために、呼んだつもりはなかった。

話し合いの場を設けたのは、溜飲を下げるためではある。だけどもう、気持ちの面での整理はとっくについていて、わたしは平気だったのだ。清乃さんが信じてくれた。越前先輩の事情も知ることができた。博物館で起きていた、本当のことを確かめることはできた。

痛み分けでいい。わたしから一歩、越前先輩に歩み寄れる余地はあるはずだから。

かなうなら、清乃さんみたいに優しく強くなりたい。

他者の想いを読みたがえず、正しく手を差し伸べられるように。そう思うと、自分でも不思議なくらいに勇気が湧いて、いつになく穏やかな心地になれた。

「消せない想いなら、いっそ認めあいましょうよ。あなたの業も、わたしの傷も」

越前先輩は腑《ふ》に落ちない顔をしていた。

そんな彼に、清乃さんがそっと語りかける。

「功を急くあまり状況を見失い、途方に暮れる。……そうしたまわり道は、私にも覚えがあります。越前様が目指すのは、起伏に富み、苦難とも出逢う道でしょう。ときにみずから傷を負い、ぶつかる肩の硬さでだれかを傷つけてしまうとして……そのあとに、どのように自他の傷と向き合うかが肝要かと存じます」

美貌の店主にここまで言われて、彼の立つ瀬はなさそうだ。

越前先輩の目線のさきは、金継ぎされたマグカップ。

手から手へと渡り、この工房へとやってきたうつわだ。

「……………ああ、そうだよな。俺、焦ってたんですね。……九谷教授には真実話しますよ。俺は救いようのない馬鹿ですけど、それでもあんたに憧れて、この道を進むんだって、覚悟決めて伝えます。はは…………正直に伝えるって、すっげぇこわいんすね」

先輩は力なく笑ってみせた。清乃さんに向けて。

「大丈夫。信頼さえあれば、繋ぎ目はそう簡単には壊れません」

きらきら。きらきら。と、うつわの継ぎ目に生まれた金の〈景色〉が輝く。

いちどは壊れたものが、工房では傷を誇るように並ぶ。

ここに持ち込まれる品は幸せだ。何度も何度も丁寧に、漆を塗り重ねて、いちばん輝く色をみつけてもらえるから。

去りぎわの越前先輩は気前がよかった。

土器の一件についてお詫びをしたいと提案してくれたのだ。後日、吉祥寺駅前商店街のフルーツパーラーで、夜パフェを奢《おご》ってもらう約束ができた。ただし清乃さんも同席とのこと。ちゃっかりしてる。

「麻冬さんって、すごいひとですね」

店内に残されたのは、わたしと清乃さんのふたり。

お茶を飲んでいたら思いがけない呟きを聞いて、耳を疑う。

「えっと……？」

真相を推理したのは清乃さんだ。

彼女は「情報をつなぎあわせて間をうめただけです」と、謙遜していたが、わたしにはできないことだ。むしろ壊れたままでもいい、と思っていた。

「自分を貶めた相手を許すことって、そう簡単にできることではありませんから」

「ああ……事件のことは、怒ってますよ。悲しかったですし。でも……」

禍福は糾える縄の如し。

博物館で縄文土器をながめながら、あのことわざを思い出していた。幸福と不幸はよりあわせた糸のように、常に入れ替わりながら変転する、そんな意味だ。

禍《わざわ》いは壊れた土器。福《ふく》は優しい手。

事件がなかったら、清乃さんとは出会えなかったのだ。

東京へきて一年半……。わたしはいまだに、家族のいる地元の夢をみる。

故郷の町は雪深い土地だった。両親が、長女のわたしに「麻冬」と名づけたのは、冬のきびしさに負けないくらいに強く育つようにと願ったからだった。

冬きたりなば春遠からじ。雪の嵐を、耐えしのびさえすれば……。

親が望むように、わたしは忍耐のある子には育ったのだろう。我慢をすればいい。それは得意だからできる。きっと、だれでもできることだろう。けれど——もし、痛みに慣れすぎて、抱えた重荷をどこにも降ろせなくなったら？　傷に耐えかねて、壊れてしまうことも、あったのかもしれない。

わたしが踏みとどまれたのは、清乃さんが居たからだ。

祖母が言うように、正直は美徳だけれども。不安定な心のすべてを打ち明けられるほどには、素直にはなりきれない。

ひとまず、都会の人たちは冷たいと嘆いていたのは撤回する。

「それをいうなら、清乃さんのほうが、ずっと……」

見ず知らずの女子大生を助けても、一銭の得にもならないのに。なんでこのひとは親切なんだろう。……なにか、返せたらいいのに、不十分な自分がもどかしい。

「あの……残念ながら貧乏学生なので、お店のうつわには手が届きません。将来の顧客になるにしても、わたしじゃ何年かかるかな……。…………清乃さん、とんでもなく優しすぎますよ」

「では……。あなたを助けたのは下心があったからです。と、伝えたらどうしますか？」

下心。したごころ。シタゴコロ？

意味を思いだすのに、三秒ほどかかった。

「えっ!?　えっ、えええええっ!?」

心臓が破裂しそうにうるさい。清乃さんが真正面から見つめてきたからだ。いやいや落ち着け、都会人なりの冗談だ。からかってるんだ。社交辞令とかそういうやつでしょきっとたぶんそうですわたしは華の女子大生のくせにこういうのに耐性がないんですキレイやカワイイとは無縁の汗臭く無骨な世界で生きてきました……！

ふわりと、清乃さんが優美にほほえむ。

「木蓮陶房は、ただいま先着一名限定でアルバイトを募集しております」

一本だけ指をたてて。

「条件は、漆にかぶれない体質であること。モノを想い、大切に扱える心の持ち主であること。そしてなによりも——誠実で、信頼に足る人物であること」

三つだけ、条件を課して。

「私の求める人物像に、あなたはまさしくふさわしい。それが理由です、麻冬さん」

女神のように手をさしのべて、わたしの名前を呼ぶのだった。

こうしてわたしは、木蓮陶房でのアルバイトを始めた。

吉祥寺駅から徒歩十分の陶磁器店。〈金継ぎ〉工房をそなえた、美貌の店主が待つお店。

上京して一年半。まだ夢も未来もみつからないけど……わたしの居場所は、見つかった。

第二章

ひび

1

新しいバイト先は、武蔵野のはずれに建つ陶磁器店。

吉祥寺駅から徒歩十分。井の頭公園へと続く七井橋通りの脇道を進んだ先。新宿や渋谷のぎらぎらした景色からはほど遠く、レトロな小売店がぽつぽつと街路を彩るおとなしい小路。朝の散歩に興じるにもってこいの好立地に、「木蓮陶房」は建っている。

平日は大学の授業で遅くなるので、木蓮陶房でのアルバイトは休日のみだ。土曜と日曜、そして祝日。店主の清乃さんから任せてもらっている仕事は、接客と清掃、店舗事務など多岐にわたるものの、負担は大きくはない。だからこそ、給与として提示された額面には驚いた。

大学入学以来ずっと続けていた警備バイトよりも、遥かに好条件だったのだ。

以前は長時間にわたる肉体労働で、生活リズムがぼろぼろになるのは日常茶飯事だった。そろそろ見切りをつけて、バイト先を見直すタイミングだ。清乃さんからのお誘いは渡りに船だった。

さくさくと雇用契約を結び、新しい雇用主ともうまくやれている――。出勤日数が五日を超えたときには、そんなふうに思えるようになっていた。

そしてこの日曜日も、わたしは木蓮陶房でのんびりと過ごしていた。

「麻冬さん、工房に来ていただけますか？」

「はーい。今いきますー」

夕方四時を過ぎてから、店内奥の工房から店主に呼ばれた。

わたしが店頭にいる間は、清乃さんは工房に篭もっていることが多い。金継ぎに集中するためだ。もともと職人気質な清乃さんは、店舗経営よりも手仕事に熱中するタイプらしい。一日中工房から出てこないこともある。

……大丈夫なのかな？　と時々心配にはなる。仕事に集中しているときの清乃さんは、冷たい霊気をまとっているようで、この世にあらざる存在に見えるのだ。まるで、神様にひとしい仙女のように近寄りがたい。

こうして呼ばれるってことは、話しかけてもいいタイミングのはずだ。

「清乃さーん？　ご用でしょうか？」

工房の机には大皿が置かれていた。

大皿を前にして清乃さんは……ぐったりしていた。机の縁に片手をついて、その場にしゃがみ込んでいる。肩を上下させて顔を伏せた美貌の店主が、そこにいた。

「ごごご無事でしょうか!?　清乃さん、清乃さんー！」

大急ぎで駆け寄る。清乃さんの顔は青ざめている。

おかしい。朝にあいさつをかわした時は元気そうだったのに！

「大丈夫ですか、きゅ、救急車呼びましょうか!?」

「い……いえ、その……それは、不要です。も、申し訳ありませんが……。水と、何か、甘味を……できればつぶ餡の……入ったものを……」

はた、と頭に疑問符が浮かぶ。

水？　甘いもの？　もし病気の発作なら、安静にしてもらうのが最優先のはずだ。細身の清乃さんならわたしでも背負えるはず。小中高と運動部で鍛えてきたから筋力体力には自信がある。

「そ、それよりも、まずは清乃さんの安全が第一ですよ！」

「大丈夫……ですから」

腕を掴まれる。

と。

ぐぅ……と。お腹が鳴る音が響いた。

わたしではないはずだ。なぜなら昼食にカレー大盛りを食べた後だから。そして工房内にはわたしと清乃さんのふたりだけ。幻聴でないとするなら、おそらく。

「あの、もしかして……お腹減ってます？」

「恥ずかしながらたいそう減っていますね……」

清乃さんは俯けていた顔をますます隠して、肩を震わせていた。

「朝食と昼食ときのうの夕食を抜いたのは失敗でした……金継ぎの仕上げまで終わりましたが……ふつり、と糸が切れて……なぜか、石川で食べた金つばが……頭に浮かんで……なぜでしょうね……金継ぎよりも、金つばのことばかりで……」

「昨日から一食もとってないんですか!?　栄養とりましょうよ、職人さんなら身体が資本でしょう何よりも！」

「おっしゃるとおりです、返す言葉もございません……」

発言はふわふわしているが、清乃さんのピンチに変わりはない。ひとまず安全な姿勢からだ。座り直してもらい、背中を壁にもたれるようにし。カバンから水筒をとり出し、コップにお茶をそそいで手渡す。実家から送られてきた秋番茶だ。

「何か食べたいものありますか。金つば以外で」と尋ねる。コンビニならダッシュで向かえば二分とかからない。甘味コーナーに総当たりするとして、金つばが見つかるかは怪しい。江戸情緒あふれる浅草ならともかく、ここは吉祥寺だ。

「では……もしあれば、八つ橋を」

清乃さんが、苦悶をこらえながら、憂うように目を伏せる。

その瞬間――脳に電流が走った。

これまでわたしは、かぐや姫の物語にずっと疑問をおぼえていた。

美貌の姫君への求婚のくだりだ。姫を愛する貴公子たちへ、かぐや姫は「火ねずみの皮衣」や「五色の珠」を探すようにと無理難題を課す。貴公子たちはそれぞれに知恵をしぼって難題に挑むのだけど……。

姫が、ありもしないものを要求していることを知りながら、なぜその難題に挑むのか不思議でならなかった。不可能とわかっているものに挑むのは、不条理ではないかと。でも、ようやくわかった。

理屈じゃない。彼らはきっと本能で動いたのだ。

「承知いたしました！　八つ橋しこたま買ってきますよ！」

木蓮陶房をとび出して一分後。京都ならまだしも、東京のコンビニに八つ橋の用意はないとわかった。

それから——。

コンビニの袋にしこたま和菓子をつめて戻り、清乃さんと工房のかたすみでお茶を飲んでいた。今度は急須で淹れた玉露だ。木蓮陶房の水場には電気ケトルも常備されていて、かわいい湯呑みが並んでいる。どれも金継ぎで修復したものだ。

「助かりました……。麻冬さん、ありがとうございます。ご面倒をかけてしまいましたね」

「いえいえ従業員として当然です。というか、清乃さん……お腹減っていたわりには少食……おまんじゅうふたつだけでいいんですか？」

「お気持ちは嬉しくいただいておきますね。残りは、麻冬さんが召しあがってください」

女神めいた美貌と微笑みが降ってきて、思わず目をつむる。まぶしすぎるのだ。

木蓮陶房に戻ってから、わたしは忘我のまま、ありったけの和菓子を献上していた。

清乃さんは目をつむって驚いたあとに、困ったような苦笑をこぼしていた。

「あのー。清乃さん、さっきみたいなことはよくあるんですか？」

尋ねると、清乃さんはばつの悪い表情になった。

これだけは見過ごせない。

さしでがましいかもと思いつつも、どうしても語気が強くなる。

「栄養失調間近になることですよ。バランスの良い食事って、わたしも毎日とはいきませんけれど、大事かと」

「めったにはありませんよ。ただ、仕事がたてこんだり、集中を要する作業ですと、どうしても……」

「食事を抜いて没頭してしまう、と」

問い詰める。清乃さんの瞳をじっと覗きこむ。と、目を逸らされた。

ややあってから、真剣なまなざしが返ってくる。

「………申し訳ありません。情けない姿を見せてしまいましたね」

「謝らないでください。単純に、わたしが心配なんです。……清乃さんが元気でいてくれないと、いやなんです」

子供じみたことを言っている自覚があった。

関わるひとに不幸があったら悲しい。幸福であればと思い願う。わたしが大学で孤独を持てあましていたように、誰にだって心の揺らぎはあるだろう。

それを承知してなお、元気でいてほしい。

「麻冬さんは優しいですね。大丈夫、ご心配には及びません。持病などは抱えていませんし、食が細いのは体質です。頼れるアルバイトさんに仕事を任せておきながら、お店の存続をあやうくするつもりはありません」

お饅頭の効果からか、清乃さんの表情は明るい。

いつもの凛とした物腰がもどってきている。立ち上がり、作業着のエプロンを軽くはたいてから見せた横顔は、毅然としていた。

「この店は、大事な場所ですから」

慌てて湯呑みに残ったお茶を飲み干す。

颯爽と店内へとむかう清乃さんの背を追いかける。すっかり足取りは確かだ。清乃さんはしっかりしている。

それなのに。どうしてか、背中から伸びる影が儚げに見えた。

「清乃さん」と、呼びとめようとした声は遮られてしまった。

「――ごめんくださいな」

店頭から声がしたからだ。

「こちら、木蓮陶房さんかしら？」

店頭にいたのは老婦人だった。

シルバーグレイの頭髪を束ねた小柄なお婆さんだ。わし鼻が特徴的な彫りの深い顔立ちをしていて、皺が刻まれた目元に、おっとりした垂れ目。レースの手袋で隠された両手はヒノキの杖を握っているが、背筋はぴんと伸びていた。肩口から垂れる臙脂色のケープの裾は長く、ともすれば地面につきそうだ。

お客様。それも上客の予感。

清乃さんの声色が接客用のそれに切りかわる。

「ようこそいらっしゃいませ。店主の棗芽清乃と申します。本日はなにかお求めでしょうか？」

「ええ……こちらでは金継ぎをしてくれるのよね？」

「はい。承っております。では、修繕のご依頼ですね」

「お猪口《ちょこ》をね……直してほしいのよ。頼めますかしら」

「もちろんです。修繕をご希望のお猪口は、本日お持ちでしょうか」

清乃さんが尋ねると、老婦人は背中に背負っていたリュックを下ろした。がまぐち状の口から、風呂敷包みを取りだす。

唐草模様の布地をひらくと、現れたのは小ぶりなお猪口だ。

表面には染付の柄《がら》が付されている。青い薄墨で描かれた、二輪の椿と小鳥の図案。青い椿は、まるで幻想の国に咲く花のようだ。筆致が繊細なのだ。幾重にもかさなった花弁は波打つ曲線。背景に描かれた水玉は、そぼふる雪だろうか。自然と冬の情景を思い起こす。

「失礼いたします」

清乃さんが猪口を手にとる。そして、鋭いまなざしでじっ……と観察。

わたしからは受付書を老婦人に渡しておく。うつわの修繕を頼まれるお客様に、名前と連絡先を書いてもらうためのものだ。下部は空欄になっている。ここは清乃さんが検分を終えてから書き込む。

つまるところ、うつわのカルテのようなもの。

書類に記入をお願いすると、老婦人はボールペンで整った字をさらさらと綴った。お名前は「高取《たかとり》さくら」というらしい。

清乃さんは受付書を受けとって、顔をあげた。

「高取様ですね。ご依頼は、うつわの修繕。こちらは形は留めているようですが……表面に亀裂が走っていますね。……いまにも割れそうなほど、大きな傷」

高取さんのお猪口にはひび割れができていた。

口縁が小さく欠けていて、底に向かって垂直に亀裂が走っている。

「ええ。重たい食器とぶつけたときにね、できてしまって。幸い壊れはしなかったのだけれども、椿が台無しよ。それに……ひび割れって、縁起が悪くないかしら」

高取さんが渋面をつくる。清乃さんは神妙に頷いた。

「こうした亀裂は〈ひび〉もしくは〈にゅう〉と診断されます。ひびの入った箇所に漆を染み込ませて、金継ぎを施して……傷を隠すことはできます。ですが……その場合、接着の強度が弱くなり、根本的な解決には至りません」

「え？　そうなの？」

「はい。まことに残念ながら。……高取様は、このお猪口を長くお使いになりたい。だからこそ、このたびの修繕依頼にいらした。そのお気持ちに間違いはありませんか？」

「当然よ。ずっと、大事にしてきたお猪口だもの」

清乃さんはお猪口をカウンターに置いて、傷口に指先を添えた。そして「失礼します」と言い添えた。指先がうつわの表面を押す。すると、ミシミシと小さく軋んだ音がした。

傷が動いた。割れてはいないものの、断面が見える。

「こちら、ご覧いただいたように、ただの〈ひび〉ではありません。浅い傷であれば漆で埋められます。しかしこのように深い傷ですと……一度、割ってから金継ぎで修繕する方法をおすすめしております」

「そうすると……二輪の椿が離れてしまわないかしら」

高取さんの心配ももっともだ。

ひび割れの亀裂は、二輪の椿の間に走っている。

「ええ。一度は離れる、ことになります」

清乃さんの口調は淡泊だった。しかしそれから続く言葉は、ほのかに温かい。

「ご安心ください。漆の繕いは〈金継ぎ〉と呼ばれてはおりますが、上化粧に金粉を付さずに直すこともできます。漆の色をうつわと合わせて、傷を目立たなくすることも可能です。高取様のご希望に合わせて、一番良い方法を提案させていただきたく存じます」

「だ、だとしても……」

どうしよう……。ふたりのやりとりを見守りながら、わたしはひとり、やきもきしていた。

清乃さんに他意はなさそうだ。うつわの修繕に情熱を注ぐ職人として、〈ひび〉を見過ごせないのだろう。職業人として正しい選択のはずだ。でも、持ち主の意向に添うかも大切じゃないかな。

「高取さん。ひょっとして、割るのは抵抗ありますか」

わたしから声をかけると、高取さんははっと目を見張った。

「………ええ。そう。そうなのよ。割りたくはないの」

まぶたを半分伏せて、それから頭を低く下げる。

「ごめんなさいね。この度の相談は保留にしてもいいかしら。取りやめなんて、失礼でしょうけれども……」

「いえ。私もその、さしでがましいことを……」

今度は清乃さんが恐縮する。

ほのかに頬が上気している。熱くなっていたことに、気がついたのかもしれない。高取さんはそんな清乃さんを見つめながら、穏やかにほほえんでいた。

「棗芽さん、お若い方よね。よろしければ、お年を教えてくださる？」

「二十七です」

「あら。思ったよりもずっとお若いのね。立派にお店を切り盛りされているなんて、素敵ね。……良い時代になったものだわ、ふふ」

ひび割れたお猪口の下に、高取さんは風呂敷を広げる。割れ物を包むのは手慣れたものらしく、手つきは俊敏だ。テキパキと手を動かすうちに、おにぎり大の包みが出来上がる。

「割りたくないのはね。ただの……わがままなの。だから、じっくり悩むお時間をくださるかしら？」

「もちろんです。またのご来店をお待ちしております」

「ええ。また必ず。ねえ、このうつわは預けてもいいかしら」

高取さんがあまりに自然に提案するので、隣でふたりの会話をうかがっていたわたしが「はい」と承諾しそうになる。口をはさむ場面ではないのに。

清乃さんは面くらった様子だった。

「構いませんが……大事なものなのですよね」

「だからこそよ。お店をみて、貴女にならら預けてもいいかしらって思ったのよ」

高取さんの意志は固い。

来週の日曜日までには必ず電話する。そう約束を残して、老婦人は木蓮陶房を去っていった。

「あったかい感じのひとでしたね。……いいなぁ。将来はああいうお婆ちゃんになりたい」

退店された高取さんを見送ってから、ぼそっと呟きを落とす。お年寄りの多い田舎町で育ったせいか、思い描く将来像がいきなり飛躍する癖がわたしにはある。こういうことを言うと「気が早いですよ？　まだ大学生なんですから……」と的確なツッコミが飛んでくるかと思いきや、清乃さんは暗い顔をしていた。

意気消沈。店内の空気もどんよりしている。

「清乃さん。お客さんならきっとまたきますって！　わたしも集客がんばりますから！」

「いえ……。私の言動に非がありました。短慮は恥というものです。修繕に前のめりになるあまり、高取様には失礼を申し上げてしまいましたね」

そうだろうか。高取さんはおおらかなひとに見えた。去りぎわの気遣いに満ちた言葉も、嘘偽りのない本音だろう。

それにわたしはむしろ、清乃さんの意外な熱さに親近感を抱いてもいた。

寝食を忘れるほどに金継ぎに熱中するひとだ。高取さんと、彼女が大切にしているうつわに対して、真摯に向き合ったからこそ出てきた言葉だろう。

清乃さんが自分を責めるのはお門違《かどちが》いじゃないかな。そのあたり、わたしから伝えるべきかと悶々としていると――。

「ところで麻冬さん。おまかせしていたものは準備できましたか？」

清乃さんから尋ねられた。

そうだ。店頭でぼうっとお客さんが訪れるのを待っていたわけではない。仕事をしていたのだ。

「もちろんです！　木蓮陶房のブログ設置準備、完了してます！」

元気いっぱいに報告する。

任せてもらっていたのは、木蓮陶房のウェブサイトの改修だ。

店でのアルバイトをはじめるようになってすぐ、三年前からウェブサイトの更新が止まっているのを発見した。気になって清乃さんに尋ねてみると、現在は着手していないとのこと。業務担当者もいないのだそうだ。せっかく内装も整っていて、陶磁器の品揃えにもセンスが光っているのだから、宣伝しないのはもったいない。ネットの宣伝効果で一躍人気ショップになるのなんて、いまどきは珍しくもない。

再度更新してみてはどうかと提案してみると、清乃さんは苦笑した。

——残念ながら、機械は不得手でして。専門外のことだからか理解が及ばず。

これもまた意外といえば意外で、しかし納得もできた。

わたしは清乃さんが店頭でスマートフォンを触っている姿を見たことがない。連絡は固定電話で事足りているようだ。木蓮陶房には常連客が多く、そのうちご年配のお客様からは電話や口頭で問い合わせを受ける。それゆえ、スマホの使用は最低限で済むのだろう。だからだろうか、清乃さんは凛として見える。暇さえあればネットで飲食店レビューを漁るのが趣味のわたしからすると、どうしても達観した印象を受ける。

「もう終わったんですか……？」

「ブログの設置だけですし。そのくらいなら。いちおう記事の準備もしてあります」

「マーケティングは大学で？　それとも独学ですか？」

清乃さんからまた質問。

「しいていえば家族仕込み、かな。うち、母親が専業アーティストで、妹が画家志望なんで。手伝いで写真とったりSNS更新してるうちに覚えました」

「麻冬さんはお姉さんなんですね。ふたり姉妹？」

「長女ですよー。さんきょうだいの。四歳年下の妹と、二歳年下の弟もいます。しかもこいつはファッションデザイナー志望で……我が家の方針〈好きを仕事に〉なんですよ。才能が求められる職に縁がある家系みたいです」

わたしの家――花岬の家は芸術一家だ。

父親は地元の県立博物館勤務。母親は売れっ子イラストレーター。弟は服飾業界志望で、妹は画家になるらしい。そんななか、わたしだけが叶えたい夢も持たずに普通科高校を卒業し、大学進学を機に東京へと越してきた。

将来の目標は一般企業の総合職。しっかりものの長女といえば聞こえはいいけれど、わたしが凡人だからだ。そこに悲観はしていない。妹のように〈好きなもの〉にのめり込んでいくタイプじゃなかっただけだ。

「いえ、素敵です。私はきょうだいが居ないので。賑やかなご家庭には憧れます」

そっか。清乃さんひとりっ子なんだ。

きょうだいがいる星で生まれたわたしにとって、ひとりっ子は不思議なひとたちだ。なにせ妹も弟もいない人生を送っているのだ。冷蔵庫に入れたバニラアイスを勝手に食べられたり、お姉ちゃんなんだから我慢しなさい、と親から叱られたことはないはず。

……なんだか羨ましくすらある。

二十七歳の清乃さんがどんな人生を歩いてきたのか、興味があった。

「じゃあ、うちのうるさいのでよければあげます。弟なんてトーキョー大好きっ子なので、よく遊びにきますし。あ、でも、あいつに清乃さんを紹介するのはちょっと嫌だなー」

「あら。それは残念です……。麻冬さんにはお世話になっていますから、機会があればご挨拶だけでも、と思っておりましたが……」

「そうじゃなくて！　うちの弟、中学時代ヤンキーやってた粗暴な男子なんです！　もう更生しましたけど……！　……清乃さんと会わせたら……会わせたら……」

あらためて清乃さんの全身をうかがっておく。

ゆるくウェーブがかかった栗毛の髪が艶やかだ。腰の位置は高く、足はすらりと伸びている。抜群にスタイルがいい。女性誌の表紙を飾るモデルさんと比べても遜色がないだろう。

「間違いなく嬉々として採寸しだすし仕舞いにはランウェイに連れていかれる………あいつレディースファッションの亡者なんで……」

「個性的な弟さんですね。ふふ、やはり愉快な御一家のようで」

「ま、まあ。姉としてはたまに心配になるくらいには。うちのことはいいんですよ。よかったら清乃さんのことも教えてください」

ポーン。と、柱時計が鳴った。

木蓮陶房の壁にかけられているシックなアナログ時計だ。三時間ごとに一度鳴る。文字盤の針はローマ数字の六をさしていた。

「そろそろ終業時間、ですね」

清乃さんが小さくつぶやく。

時給で働くアルバイトの拘束時間は、朝十時から夜六時まで。つまりここからの雑談は仕事とは無関係のはずだ。

金銭の絡む関係に友情を求めるのは、いけないことだろうか。踏み込みすぎだろうか。それでも、知りたいと思う気持ちに嘘はつけない。「あの」と声をかけたのは同時だった。

照れ笑いをしながら、清乃さんに先を譲る。

「麻冬さん。お時間ありましたら、このあと夕食ご一緒できませんか？」

そんなの願ってもない！

タイミングを見計らったかのように、ぐぅ……とお腹が鳴る。

気恥ずかしさから笑うわたし。嬉しそうにはにかむ清乃さん。

これでおあいこだ。

「ハーモニカ横丁だとカジュアルすぎるかしら。麻冬さん、何料理が食べたいとかってあります？」

「好き嫌いないです！　料理の好みなら無国籍です！」

やばい。どうしよう。嬉しい。

手荷物をまとめながらゆるんだ表情筋をなんとか引き締める。通学鞄と共用のデイパックを背負いなおし、肩紐を握りしめる手がもう熱い。久しぶりに、心がふわふわしている。

仲良くなれるかもしれないのは、良い予感だ。食卓を共有できるならなおのこと。

吉祥寺駅からほど近い学生寮に住んでいるとはいえ、この街での思い出はまだ数えるほどしかない。駅前には大小さまざまな飲食店がある。小路へといざなう看板は、いつも寄り道を誘ってくる。

しかしわたしは吝嗇家なので基本は自炊派。お店で食べるのはゼミの打ち上げや友達と過ごす日だけだ。まあ、あれだ。先立つものがないことにはね。

一方、清乃さんは外食好きらしい。

おすすめの店がいくつもあるのは、大人のたしなみだろうか。

「なら、和食にしましょう。すこし歩きますので、井の頭公園を経由していきましょうか」

井の頭公園は、緑豊かな自然公園だ。大正時代に開園してからおよそ百年の歴史をもつ行楽地で、吉祥寺住民の憩いの場になっている。土日には、二十三区内から郊外の空気を吸いに訪れる人々もいる。愛され、親しまれてきた場所なのだ。

七井橋通りを歩き、未知の先に待つ階段をくだる。ここからはもう園内だ。

商店街の賑やかさから一転、のどかな大自然が広がっている。

まだ青々とした欅の木が天に向かって伸び、夕暮れの空では鳥が舞う。

Y字路の奥で待つのは、井の頭池。地図上ではひょうたん型の輪郭で描かれる大きな池だ。きょうも浅場では水鳥が泳いでいる。

都会の喧騒からは離れた、まったりとした時間が流れる場所。

そういう魅力に惹かれて、人が集まる行楽地になっているのだろう。わたしも井の頭公園ではよく散歩している。舗装されていない道をスニーカーで歩いて、ざくざくと土を踏みならしていると故郷を思い出すのだ。吉祥寺で好きな場所をあげるなら、まっさきにここを選ぶ。

清乃さんおすすめの食事処は西の方角らしい。弁財天があるほうだ。

歩きながら、清乃さんはおもむろに話し始めた。

「私のことですが……実家は横浜なんです。吉祥寺からそう遠くもありませんね」

横浜市。神奈川の県庁所在地だ。

入学から間もない頃には中華街に遊びに行ったこともある。港町らしくモダンな建物が並ぶ町だ。海辺にある赤レンガ倉庫は絵になるし、夜景が綺麗なスポットも多い。清乃さんの印象にぴったりだ。

「横浜出身といっても、市のはずれ、内陸の育ちですから。太平洋は見慣れていません」

「それでどうして吉祥寺に？」

「そうですね……。麻冬さんは吉祥寺はお好きですか？」

思いがけず、尋ね返された。

「うーん……。正直なところ、まだわからないです。上京して一年半ですし」

「大変素直でよろしいかと。私、大学は金沢で過ごしていたんです。漆工芸……輪島塗と伝統工芸について学んでいました。卒業前に、知り合いが吉祥寺に陶磁器の店を出すことになりまして。関東に戻り、その人と共に働くうちに、ここに居着いてしまいました」

「へえ。じゃあ、木蓮陶房って、お知り合いさんが始めたお店なんですか？」

「ええ。信楽悠仁《しがらきゆうじん》という方で。私にとってはお師匠ですね」

「なるほど。お師匠さん。……金継ぎの？」

「ご明察です。金継ぎはその方から教えてもらった技なんです。悠仁さんの本職は陶芸だったのですが、興味の範囲が広い方で。金継ぎの教室も開かれてましたね。ほかにも同世代の陶芸作家をまとめて展覧会を開いたり、販売や広報をみずから手がけたり……。焼き物づくりだけでなく、その世界を丸ごと愛している。そういうひとだったんです。いま、お店で預かっているのは、悠仁さん経由で知り合った作家さんのものが多いですね」

清乃さんはそこで、一呼吸おいた。

道の先には弁財天が見えてきた。橋を渡ったさき、小島にひっそりとたつ寺だ。朱色に彩られた本堂の周囲には幾本もの幟が立っている。十月になり、秋は深まるばかり。紅葉の葉はほのかに紅く染まっていた。

水鏡に映り込む、紅と緑。

「店を持つのは私の夢で。ただ、どんな店にするかは決めていなかったんです。三年前、悠仁さんが店を退くことになり、二代目店主と相成りました」

そんな来歴があったとは。

清乃さんの隣を歩きながら、ほぅとため息をつく。

「すごい……〈好きを仕事に〉の世界だなぁ。わたし、美術の成績からっきしだったので憧れます。……良いなぁ、かっこいい」

「かっこいい、ですか」

「木蓮陶房で働きはじめてから、よく思うんです。清乃さんみたいに、この道と決めて覚悟している人たちってかっこいいって」

何かを選択するのは煩雑だ。東京にいると尚そう思う。目にとびこむ情報量が多すぎて、そのすべてを受けとめることは到底できない。だから、ジレンマを抱えて迷う。迷ったまま、決断を先送りにしてしまう。

もっと選択に自信をもてたら、迷わずに進めるのだろうか。

「私からしたら、麻冬さんもじゅうぶんかっこいいですよ」

清乃さんはそう言ってくれるけれど。わたしはそこまで自分を信じ切れない。

「見えてきました。あちらです」

公園の出口のさき——三叉路のすみに縹色の暖簾が垂れている。

〈小料理亭　朧月夜《おぼろづきよ》〉。

暖簾には霞がかかった月が描かれていた。清乃さんの行きつけらしい。

店内に入ると、温かい空気が待っていた。料亭というよりも大衆食堂らしい。漫画本が置かれた雑多な帳場。厨房からは、ラジオの音がかすかに聞こえる。

カウンターの上には手書きでメニューが記された短冊が並んでいた。

「……らっしゃい」

そしてカウンターの奥には板前さんがいた。しなやかな細身、なで肩の上半身。頭部もこぢんまりとしていて中性的な面差しだ。一瞬、少女かと疑ったものの、おそらく少年だろう。声は低く掠れていた。

清乃さんがにこやかに呼びかける。

「こんばんは、逸流《いずる》さん。席はありますか？」

「ん。カウンター席空いてる。使って」

少年はぶっきらぼうな感じで顎をあげた。

見たところ高校生くらいだと思う。わたしよりも年下じゃないかな。

過疎が進んでいた地元と比べると都内には年若いひとが多いけれども……。それにしても、店を構えて包丁を握るには若すぎる。思わず物珍しがってしまうと、鋭いまなざしで睨まれた。

……こわっ。目つき悪すぎ。荒れてたころの弟を思い出す。

私には威嚇だけを返して、彼の視線は清乃さんへと向く。

「意外。清姉《きよねえ》さんが人連れてくるとか、何年ぶり？」

「九月からアルバイトを雇ったんです。英明大の学生さん」

「ふーん……そう」

親しげな雰囲気だ。弟さんではないよね。清乃さんはひとりっ子だと言っていた。ならば「清姉さん」というのはあだ名だろうか。そう呼びたくなる気持ちはわかる。

そわそわと落ち着かないままでいると、清乃さんがこそっと耳打ちをしてきた。

「逸流さんは板前の卵なんです。こちらのお店の大将について、修行中なんですよ。温かく見守ってあげてくださいね」

そういうことか。

本来は開店準備中の時間らしく、大将はまだ休憩中とのこと。知り合いのよしみで、清乃さんは普段から逸流くんの料理を食べに通っているのだそうだ。味見役という名目らしい。「こちらは店主がしっかりなさっているので。常連だからといって、サービス料金に変わりはありません」と、おどける清乃さんはちょっと誇らしげだった。

席につくと、逸流くんがお冷やを運んできた。

その隙にもじろじろと様子をうかがわれている。なんだろう、挙動が小動物っぽい。わたしがヨソものだから警戒されているのかな。

「花岬麻冬です。板前修行なんてすごいですね。逸流くん若そうなのに……」

「は？　十六だけど、だから何？　ていうかあんたも学生だよね」

キレ気味だった。

あたりの強さに思わずひるむ。繊細そうな見た目に反して、言葉は激しい。

「僕も学生だけど、高校は通信制だから。毎日通うメリット感じないだけだし」

「逸流さん、麻冬さんがびっくりしていますよ」

「だってそのひとが……」

「逸流さん。大将さんがいないとしても、ここはお店です。接客の心得をお忘れなく」

有無を言わせない口調だった。

逸流くんが唇を噛む。

「すみ、ません」

謝罪の言葉はたどたどしかった。悔しそうに、歪む眉。

見ていると、申し訳ない気持ちになる。

「いえ……わたしもいきなり失礼だったから……。やりやすいように、どうぞ」

「じゃあ、このまま話すけど。……はい。お通し」

カウンター越しに小鉢が置かれる。野菜をつかった小料理だ。

ささがきにした牛蒡《ごぼう》に桜海老が和えてある。席にそなえつけのお箸をとって、一口いただくと甘辛い味がした。ピリリと舌を刺激するのは唐辛子かな。味の染みた牛蒡は適度に柔らかい。噛むと、醤油と出汁の旨味が口のなかに広がる。

しっかりと料亭の味がする。

「あ、おいしい」

「当然。うち、農家と直接契約してるし。武蔵野野菜《むさしのやさい》だよ」

逸流くんは得意げだ。

武蔵野野菜とは、その名の通り武蔵野市でとれた野菜のことだ。いわゆる都市型農業がさかんなため、あちこちに畑や果樹園がある。そうした農家と直接交渉してとれたての野菜を仕入れているらしい。

新鮮で、味も確かなものが食べられる。お店の評判は良さそうだ。

隣の席では清乃さんが呆れていた。

「麻冬さんがいいなら構いませんが……。逸流さん、お客さんがやってきたら、すこしはお愛想よくしてくださいね」

「清姉さんは堅すぎ。別にチェーン店じゃないんだから、こっちが客選んでもいいだろ」

「もう……。そうだとしても、高圧的なのは好かれませんよ。お客さんは、ここの味を信じてリピーターになってくれるんですから。気持ちよくお帰りになれるよう、おもてなししませんと」

「へーへー。僕って料理うまいし問題ないじゃん」

カウンターを挟んで会話するふたりが微笑ましくて、食べながらそっと見守る。メニューに写真はなくどれにも心惹かれて迷うので、清乃さん任せにした。会話中も逸流くんはずっと菜箸を動かしていた。

「あれ。清姉さん今日は飲まないの？　ザルじゃん」

「えっ。見かけによらず酒豪なんですか!?」

思わず反応すると、清乃さんがわたわたと手を横に振った。

「誤解です……！」

「嘘だよ、麻冬さん。清姉さんの肝臓に限界ないからね。僕、この人がうちの日本酒ストック滅ぼすの見たことある」

「うわー……！　清乃さん、それはそれは、とんでもない！」

「もー麻冬さんまで！　あと、滅ぼしてはいませんからね。他のお客さんに配慮して、人気の銘柄は残しましたからね……！」

　笑い声がこぼれる。

　既に楽しい雰囲気ができあがっていた。「そういえば、麻冬さんは成人されていましたね」と清乃さんが誘うので、「どうぞどうぞ。いくらでもお飲みください」とにこやかに勧めておく。わたしはゼミの飲み会後に吐いた前科があるので、深酒はしない主義だ。弱いのだ。エチルアルコールに対しては、とみに。

「麻冬さんも飲まれますか？」

「いや……わたし、いちおう飲めはするんですけど……」

　まいった。さすがに清乃さんの前で粗相はしたくない。

　お酒の失敗なんてあったら、情けなさすぎる。のらりくらりとかわそうとすると、カウンター越しに誘い水。逸流くんからだ。

「他の客いないし。いまだけサービス料金にしとくけど」

「奢《おご》りますよ。お世話になっていますし、どうぞ遠慮なく。私のおすすめは日本酒なんですが、高知の地酒である『船中八策』あたりは口当たりも柔らかですし……あっでもスモーキーな癖があるものがお好みならば大将さんが趣味でおいてるウィスキーはどうでしょう。アイラモルトなんてランシオ香が独特なのですが非常に興味深い風味が味わえますのでぜひ一度……」

「梅サワーでお願いします」

舌がまわりすぎだ。途中から何を言っているのか、さっぱりわからない。

清乃さんがよく飲むとはまったくの予想外だ。お酒の蘊蓄《うんちく》を聞いてみたい気はするけど、飲めないわたしは想像するくらいしかできない。それはもどかしい。

こちらは成人してから間もない大学生だ。お酒の席には慣れてないのだ。正直、いまも心臓がばくばく拍動している。高揚に浮かされて、運ばれてきたグラスをもつ手も震えていた。

そういえば。上京してひとり暮らしをはじめて。自炊が当たり前になってから、誰かと一緒の夕食なんて久しぶりだ。

カチン、と淡い琥珀色の液体で満ちたグラスがかち合う。

「では、乾杯」

「乾杯です！　お仕事おつかれさまっした！」

乾杯をして三十分後——。

わたしはおしぼりをにぎりしめて、歌っていた。

「うっわ。ガチメンドクサ。歌い上戸って何？　はじめてみた」

逸流くんは呆れている。

わたしがこぶしを振って滝廉太郎の〈荒城の月〉を熱唱するあいだ、清乃さんは嬉しそうに手を叩いていた。

「麻冬さん、お上手ですね！」

「音楽の成績はまあまあで……へへ」

「この店カラオケじゃないから。料理屋だから。とりあえずこれ、食べて落ち着きなよ。

……はい、お待たせ」

お酒がまわってぐるぐるする視界に、食べ物が飛び込んでくる。

豚の角煮だ。ブロック状の豚肉がごろりと転がっている。じっくり煮込んだからか、赤身が褐色に染まっている。黄緑の千切りキャベツ、半分にカットされた煮卵つきだ。茶黄緑がバランスよく調和した煮込み料理は、生成り色の大皿にのっていた。透明な釉薬が薄く塗られた陶器でつるりとした触り心地。丸みを帯びた八角形がおしゃれだ。

「あれ。この皿……見たこと、ある？」

「気づかれましたか？　木蓮陶房でサイズ違いのものを扱っています。こちらは瀬戸焼ですね。瀬戸の窯は、日本国内で千年続くとされる六古窯のひとつ」

瀬戸焼。愛知県産の焼き物だ。〈朧月夜〉は清乃さんから食器を仕入れているそうだ。

「私の話はこのくらいにしておいて……いただきましょうか」

目前には、濃厚なタレを纏い、てかてかと輝く肉。そして卵。ついでに野菜。

　ごくりと唾を飲み込む。

　清乃さんが取り皿によそうのを見守ってから、おそるおそる箸を伸ばす。角煮が崩れないように慎重に。舌にのせる。溢れる肉汁が熱い。脂がほろりと溶けて、噛むほどにしあわせが広がっていく。

　どうしよう。絶品だ。

「これ何……!?　赤身の引き締まった食感だけでなく脂までイケるってどういうこと!?　ごろっと武骨で大きなサイズもくぅう、正直好み……！　わたしいま、完全に胃袋掴まれてる……！」

「あー！　そう！　それはどうも！　麻冬さんは旅番組で食レポでもしたら!?　お粗末さま！　っていうか清姉さんもこの歌い上戸の腹ペコになんか言ってよ、あんたんとこのアルバイトだよね!?」

「ふふ。ふふふふふふ。麻冬さん食べ過ぎです……底なしなんですね？　ふふふふ……。よい食べっぷりです、健康は最良の財産です。まだ食べられるなら、私も飲みます。ふふ」

　清乃さんがゆるみきった顔で、グラスを空にしていた。

　ダンッ。逸流くんの拳がカウンターに落ちる。

「笑い上戸だった。知ってた……！　くっそ。まだ夜も浅いのにふたりしてふわふわふわふわしてさ、ちくわぶかよ……！　あんたら未成年に働かせてるってわかる!?」

「あ、麻冬さん。ここおでんもおいしいんですよ。頼みます？」

「食べます！　よっ大将。おでん一丁！」

「大将じゃねーし！　板前見習いだし！」

厨房からは絶えず怒声がかえってくる。

時間はあっという間に過ぎていき、腹の皮が張るほどに眠気で頭がぼんやりしてきた。

夕餉を求めるサラリーマンたちで混み出す前に、お暇することにした。

会計は清乃さんに甘えてしまった。御恩はかならず働いて返そう、と固く誓う。清乃さんは大将に挨拶をしにいくそうなので、店外で待つことにする。飲み食い喋るの連続でまだ頭の芯が熱い。

夜風にあたろうと店の扉に手をかけると、背後から呼び止められた。

「おい。……………忘れ物」

逸流くんだ。絆創膏まみれの手がスマホを渡してきた。衝撃吸収素材の防水ケース。わたしのだ。

さすがに肝が冷える。奥歯を噛み締め「これはこれは……かたじけない」とお礼をいうと、「なんで時代劇風なんだよ」と眉をひそめられた。

逸流くんはため息を深くついてから、ジト目で見上げてきた。

「麻冬さんさ。清姉さんとは、仲良くしてるんだよね」

「んー？　はは｜ん……わかった。心配しなくても、逸流くんの恋路のおじゃまはしにゃいしむしろ応援」

「勘違いすんな迷探偵。そういうのないから。マジで。清姉さんだけはありえない」

ズバッと切り捨てられた。

「そ、そっか。なんか、ごめんなさい……」

「真面目にとりあえよ。大人だろーが。……今日、清姉さん楽しそうだった。ひとと打ち解けて話すのも激レア。基本距離とるタイプだし」

「そうなんだ……？」

「ん。店でお酒飲むのも相当久しぶりじゃん」

常連客ではあるものの、いつもお酒を飲むわけではないらしい。

清乃さんの人となりなら納得だ。わたしより付き合いが長い逸流くんにとっても、今日は異例ずくめだったのか。

逸流くんはさらに続ける。

「なんていうか……僕がいうのは変だとは思うんだけど……でもとりあえずは、今日ずっと見てて、あんたといるからだろうって……それで、悪くないなとは感じたし………そういうわけ」

どういうわけだろう。要領を得ない言葉じりに首をかしげる。

と、逸流くんが声を荒らげて叫ぶ。

「あんがとって言ってんだよ。わかれや！」

お礼が言いたかったらしい。

ふるふると肩を震わせながら、鬼のような形相だけど。

きっと、ふだんは初対面の相手にぐいぐいいくタイプではないのだろう。彼なりに譲歩してくれている。そう感じたら、口もとが自然と緩んだ。

「……ありがとうは、わたしのほうかな。清乃さんとじっくり話せてよかったぁ……店だとずっとまじめな感じだから……もちろんそれもいいんだけど、社交辞令とか、おとなの付き合いだけじゃなくて……もっと仲良くなれたらなぁって……たまに思ってて……あ。おおっと」

足元がぐらつく。扉に手をつくと「マジ情けないんだから……」と小言が飛んできた。

懐かしい感覚だ。年齢が近いせいかな。弟を思い出すせいかな。ちっとも似てはいないけど。逸流くんは男子にしては身長が低く、こうなるとわたしと目線の高さがほぼ同じだ。

顔を覗き込まれたら、意外と近くに頭があって。

めんどくさそうに鼻白む横顔は、すっかり緊張がほぐれている。はじめに見せた警戒心の強さといい、逸流くんは子猫っぽい。可愛いな、と思う。

「えへへー。頭撫でてあげよっか？」

「やったらぶっとばすぞ……！　あんた馴れ馴れしいんだよ！」

憤慨する姿は、さながら猫が毛を逆立てるようだった。

板前見習いの少年は耳まで真っ赤になっている。


その夜。清乃さんと木蓮陶房まで歩いて、店の前で別れた。お住まいは店の二階だそうだ。店主は「夜道には気をつけて」と優しく見送ってくれた。

おかげでなんとなく寂しい。ただ、それを言える関係でもない。友達なら冗談半分に言えるのにと思いながら、学生寮までの道を歩く。

夜空を見上げると、満月が青白く冴えていた。うっすらと雲がかかっている朧月。冬に向かう風は涼しくて、冷たいくらいなのに。胸がぽかぽかと温かい。

今日は良い一日だった。この上機嫌はたぶん、お酒のせいじゃない。

2

多幸感は長く尾を引いた。

明け方まで夢見心地を引きずってしまい、小料理亭〈朧月夜〉のメニュー表にあった海老カツの群れがソースの海で泳ぐ夢を見た。おいしそうだった。……だが、まずい。非常にまずい。味ではなくて心理状態が。学食のカレーを味気なく感じかねない。

……ごめんよ。幸せの味をしめてしまいました……。

週末になりバイトに出勤する日も、つい店の前を通ってしまった。近所にこんなおいしい食事処があるなんて、贅沢ここに極まりだ。

看板によると、ランチメニューもやっているらしい。ただし土日は混雑必至だろう。でも、また行きたい。ものすごく行きたい。清乃さんを誘ったら、快くＯＫしてくれないかな。

淡い期待を抱きつつ、木蓮陶房でノートパソコンを睨みながらうんうん唸る。

ブログの設置の次は、更新業務が降ってきた。まずは店頭で展示している食器の写真を載せたり、陶芸作家さんの紹介文を載せることにした。内容は清乃さんの受け売りだ。

「麻冬さん。そろそろ、区切りはつきましたか？」

清乃さんが工房からやってきた。

パソコン画面から顔をあげる。

「……すみません。ブログ用に写真編集しただけです……」

「では、焦らず進めてくださいね」

画面に映った写真は、わたしが撮影したものだ。

生成色の八角皿。〈朧月夜〉で見かけた大皿を、形そのままに小さくしたうつわだった。不思議と、写真の中だとお店で見たときよりも澄まして見える。

うつわは生活の品だ。これまでも実家や寮でなにげなく使っていたけれども、意識して深く知ると、見方が変わってくる。

きっかけは木蓮陶房の店構えに惹かれたこと。そして清乃さんに助けてもらったこと。それから陳列や写真撮影を手伝ううちに、陶芸そのものに興味を抱きはじめていた。最近は講義の空き時間に図書館で調べるようになった。

勉強の甲斐あって、わかることも増えてきたけど……。

まだ、理解が及ばないこともある。

……そうだ。清乃さんは専門家だ。

せっかく身近にいるのだから、尋ねればいいじゃないか。

「清乃さん、ちょっとお時間いいですか？　質問したいことがあって」

前置きをしてから姿勢をただす。

目の前にたつ人は存在ごと美しい。わたしは小心者だから、小綺麗に整ったものを前にすると萎縮する。おごそかなものに平伏するのは楽なのだと思う。きっと無意識に、比べることを避けてもいる。だからこそ、せめて背伸びをしておきたい。

「このお皿、瀬戸焼なんですよね。ネットで検索してみたら、焼き物の産地って全国各地にあるみたい」

液晶画面を覗きこみ、清乃さんは頷く。

「ええ、愛知の瀬戸物とも呼びならわします。岡山の備前焼なども有名ですね。古くからある窯は良質な粘土の産地の近くにあるんです」

武蔵野野菜を思いだす。

地元の農産物を食べるのは、新鮮さを舌で味わえるから。それに店まで運ぶのだって楽だ。焼き物も同じで、粘土質の土を採取してすぐ加工できる場所に、設備を整える。いまのように交通網も発達していない時代なら、モノを運ぶのにもかなりの苦労がある。

だからこそ、土と窯はセットだった。

「そうした伝統の窯元には所属されていない陶芸家の方でも、陶土にはこだわりをもたれますね。土によって焼きあがるものも変わりますから。原料の仕入れ先の産地を選ぶ、といいますか」

「つまり国産ブランド牛でも飛騨牛がいちばん、みたいな?」

「ええ。よろしいかと」

「じゃあこれは、根本的な質問なんですけど……。うつわって、選ばなければ安価で買えてしまいますよね。生活必需品だから世に溢れてる。大量生産されたプロダクト、として。新しいものだって常に生まれ続けてる。そのほとんどは、全国どこにいても手に入る」

わたしは木蓮陶房でアルバイトをしているけれど、安価な食器を買うのに抵抗はない。経済的で良いとすら思う。ただ、知ったことで、興味を抱いたことで、モノを見る目が変わりつつはある。……そう、感じていた。

「そういう世界で、誰かのつくった手作りのうつわを求める意味って、どこにあるって思いますか？　わたしでも魅力はわかるんです。なんとなくだけど……いいなって思うんです。だから答えが知りたいのに、まだ、見つからなくて」

たどたどしい言葉になった。

本当に伝えたい気持ちを探りながら、そこで気づく。

わたしは清乃さんが魅力を感じている世界の物事が知りたいんだ。このひとを理解したいと思うから。どんな共感も相手を知ろうとしなければ、生まれないはずだ。

「麻冬さんは、どんな意味があると思いますか？」

「え？」

「私が私の答えを伝えることが、あなたのためになるとは限りません。きっとその問いに、絶対的な正解はないでしょう？」

「……そっか。うん、そうですね。じゃあ、清乃さんの答えを教えてください」

わたしの答えは、考え続ければいい。こういう問いかけは即断即決とはいかない。まだ保留にして、見聞を広げ、いつかのわたしが答えを見つけられるよう託そう。

「私の答えはシンプルですよ。――好きだから、です」

「えっ。ええっと!?」

意外な答えが返ってきた。

いつもの調子で、てらいもなく「好きだ」と伝える清乃さんは、凛として見えた。

「モノを愛する価値観ゆえです。ヒトが好き。本が好き。服が好き。機械が好き。キャンプ用品が好き。個人の嗜好とは千差万別であると思います。好みと所有が結びつくかは、考え方によるでしょう。私は……うつわが、モノそのものが、モノをつくる人の営みが好きなんです」

モノをつくる人の営み。

噛み締めるようにして、清乃さんはそれを告げる。

「うつわは一日にして成らず。土を練って形を整え、焼成して……。うつわをつくるなら、実用性と機能美、そこにさらにデザイン性まで考慮することになります。それを考える心を、動かした手を、モノに注いだ情熱を、丸ごと肯定するのが〈モノを買う〉という行為ではないでしょうか。誰かの心遣いを想像で埋めて、うけとめる」

「だれかの心遣い……。モノに込められた想い、とか？」

「はい。作家さんの手によるものだと、相手の顔が見える安心感もありますね。うつわを集める方が、特定の作家を好まれる理由は、ひとを好むゆえかもしれません。やはり生活の一部を彩るものですから、居心地に寄り添うものが求められるのかと」

木蓮陶房であつかう品の、センスが光っていると感じるのは、華美すぎず質素すぎず、素朴で確かなものが並んでいるからだ。

洗濯をすれば服にしわが寄る。雨がつづけば屋根が湿る。飲んで洗ってを繰り返すうち、コップの取手が取れることもあるだろう。

日々の積み重ねとはそういうものだ。

そして清乃さんが〈金継ぎ〉をするのはきっと、モノをいたわるひとだから。想いを込めてつくられたモノに、長く生きてほしいと願うから。

……なんだか腑に落ちた。

尋ねる前はあんなにもやもやしていたのが、嘘みたいだ。

清乃さんが立ち上がる。

「さて、と。じつは、これから予約のお客さまがいらっしゃいます。麻冬さんにもお立ち会い願いたいんです」

「〈金継ぎ〉のご依頼ですか？」

「いえ。うつわをお求めのお客さまでして」

買い物にいらっしゃる方らしい。

木蓮陶房はどんなお客さんでも入場フリーだけれど、予約されるのには特別な理由があるらしい。

「上方からいらっしゃる方なんです。ブログを見て、店のうつわをじかに見て選びたいそうですから。……先日の高取様の時のように、失礼があってはいけません。麻冬さん、見守ってくださいますか？」

「はい、喜んで！」と言ってしまいそうになるのを堪える。

軽率なのはわたしの欠点だ。せっかくバイトを任せてもらっているのだから、もっと頼れる感じにならないと。がんばりたい。がんばろう。

強面の狙撃手さながらの真顔をつくって、こくこくと頷く。

気合を入れるために、両手で頬をピシャッと叩く。そして、柔道部時代にやっていた一人打ち込みの自主練を思い出しながら、その場で小刻みにサイドステップを踏む。清乃さんの顔には「はてな？」が浮かんでいた。

「いつもの感じで大丈夫ですよ？」

「あっ……そうですよね！」

あわててとり繕う。完全に試合前の気持ちになっていた。やる気が空回りしないように、ほどほどに肩の力を抜こう。

時計の針が十二時を回ったあと、予約のお客様が現れた。

波佐見椿姫《はさみつばき》と名乗る彼女はかくしゃくとしたマダムだった。小粋なストローハットをかぶった頭は小さく、首筋にかかるほのかに青みがかった紫の髪は短い。

別嬪《べっぴん》だ。首もとにさりげなくあしらわれた真珠のネックレスが、品の良さを引き立てていて、原色の赤が散りばめられたシャツを着こなす感性は若々しい。お歳は七十歳らしい。

「ごめんやす。急に押しかけてしもうて。おまけに場所もとって」

関西なまりがチャーミングな波佐見さんは、車椅子に乗っていた。電動アシストがついている機種で動きも機敏だ。木蓮陶房の一階、展示スペースの奥にあるささやかな商談の間まで、はんなりした老婦人はひとりでやってきた。

「駅前とか人混みすごくなかったですか？」

「平気どすよ、お嬢さん。お店の前までタクシーで送ってもろたもの。足も心配せんといておくれやす。昨年、階段から落ちてしもて。うちったらいつまでも若いつもりなんそやし……あかんな。骨なんてもう、なかなか治れへんのに」

左足に巻かれたギプスを撫でさすりながら、波佐見さんは穏やかに笑っていた。清乃さんが優しく声をかける。

「お大事になさってくださいね」

「おおきに。あんたが店主の清乃はんどすね？　ブログ見ましてよ」

波佐見さんが木蓮陶房に来店したきっかけは、まさかのインターネットだった。娘さんが自宅のパソコンで見ていた写真を偶然目にして、うつわに一目惚れしたのだそうだ。

「店内紹介のお写真もすてきやったわ。それに、先週あげとったあの〈金継ぎ〉！　この年でも知らへんことと出会えるなんてなぁ。テレビもええけど、ネットもおもろいわぁ」

「ふふ。ご覧いただきありがとうございます。じつはうちのアルバイトが更新してくれてるんです。ですよね、麻冬さん？」

　話を振られてどきりとする。

　優美な会話を繰り広げるふたりを見守っていたら、急に呼びかけられて、好奇のまなざしを向けられる。波佐見さんは興味深そうにわたしを見上げていた。

「あれま。ひょっとして学生？」

「は、はい！　先月から清乃さんのもとで勉強させてもらってます……！」

「そう、ちょちょこばらへんといて。こっちは普通のばあちゃんどすよ？　お財布事情だけはちょい狙い目かもやなぁ」

　くすりと笑いを誘われる。愛嬌があってユーモラスなご婦人だ。

　吉祥寺の街には高齢者もたくさんいる。東京都内だから道ゆくひとと会話することはほとんどないけど、ご老媼《ろうおう》と話すのは好きだ。ゆったりと構えた方の近くは落ち着くし、自分の知らない時代を長く生きてきた相手だから、自然に敬意が湧いてくる。

「本日はなにかお探しですか？　わたし、お手伝いします！」

「せやなあ。気になっとる品はいくつもあるんやけども……」

波佐見さんは頬骨に手を添えて、おっとりと考え込む。

ややあってから老婦人は顎を引いた。

「〈金継ぎ〉のうつわを見てもええ？」

「そちらは販売用のものではありませんので……」

「ほんでも見てみたいの。あかんかしら？」

「いいえ。とんでもないです、歓迎です。……そんなふうに興味を持ってもらえるのは……光栄です、とても」

清乃さんの口もとがほころぶ。

明け方にひっそりと鈴蘭の花が開くように、このひとは笑う。ふとこぼれた心境を悟らせないためか、すぐに真剣な表情にもどる。謙虚な性格だからだ。アルバイトとしては自慢の店主を後押ししたい。こっそり助け舟を出しておく。

「ぜひぜひ見ていってください！　金継ぎされたうつわって、見惚れるくらい綺麗なんですよ」

波佐見さんの背中にまわって、車椅子の持ち手に指先を添えようとする。「工房までエスコートします。押しても？」と尋ねると「おおきにな」と快諾してくれた。

店内奥の敷居をまたいだ先——工房は整理整頓されていた。作業に没頭しているときのように雑多にものが散らかってはいない。だが一部、ものが占領している一角がある。

「まあ……すごいなぁ」

波佐見さんが感嘆の声を漏らすのも無理はない。

作業机には金継ぎされたうつわがいくつも置かれていた。

「ちょうど検品をしていたところなんです。机にあるのは、金継ぎを終えて漆が乾燥しきったもので」

うつわのひとつを波佐見さんが手にとった。

手のひらに招いたのは小さな猪口だ。

波佐見さんはじっと動かずに、ひびの入った猪口を食い入るように見つめる。

「さくら……？」

口の端からこぼれたのは小さな呟き。さくら。たしかにそう言っていた。

「これっ！　どこで手に入れはったの？」

車椅子の肘掛けを掴んで波佐見さんが立ち上がろうとする。だが立ち上がれそうにない。ギプスが邪魔をしているからだ。大慌てで肩に手を添える。

「おっと、危ない！」

急にどうしたのだろう。波佐見さんは動転している。何度も目をしばたたいて、ひびの入った猪口を見つめていた。車椅子に座っていなければ、いまにも駆け出していきそうだ。

「波佐見様。この猪口は、お客様が預けていったものです。描かれているのは青い椿と小鳥の染付。波佐見様のお名前は、椿姫様でしたね」

清乃さんが慎重に尋ねる。

「そして、この猪口を預けていかれたお客様のお名前をご存じのようですが……」

暗に、高取さんが持ち主だと仄めかしていた。

清乃さんの言葉から察しがついたのだろう。波佐見さんははっと息を呑んでうなだれた。

「そう……。あの子ったら、まるっきしもう」

「波佐見さん。さくらさんとはお知り合いですか？」

おそらく、波佐見さんと高取さんは親しい仲だ。

木蓮陶房に残された受付書によると、高取さんは七十歳。杜甫が漢詩で「人生七十古来稀なり」と称しためでたい御年。見たところ、波佐見さんも近しい年齢だろう。

「……ちゃいます」

予想に反して、波佐見さんはきっぱりと否定した。

陽気で穏やかだった瞳に淋しげな色が宿る。

「知り合いなんて言わんといてください。大事なおひとなんよ。彼女は……さくらは、シスターだから」

シスター。妹。姉。額面通りに受けとるなら家族関係だ。

そうではないのだと示しながら、波佐見さんは続きを語る。

「青泉館《せいせんかん》女学院は知ってはる？　もうずいぶん昔やけどなぁ——うちとさくらは……卒業生なんどす」

青泉館女学院——。

全国的に有名なミッションスクールだ。戦前からの長い歴史をもつ学校で、入学者は名家の婦女に限られた時代もあると聞いている。伝統と格式を重んじる校風ながら、著名人や文化人も多数輩出している有名校。一度だけ都内で見かけた制服は濃紺色のセーラー服だった。

記憶の中の女生徒と、波佐見さんの面影が重なる。……うん、違和感がない。

それから波佐見さんは学生時代の思い出話をしてくれた。

男子禁制の青泉館では、女子学生たちのあいだでだけひっそりと受け継がれてきた伝統があったらしい。友達づくりならぬ〈エス〉と称される義理の姉妹づくりの伝統だ。同じ学院のこれと決めた相手と親交を深め、秘密の想いを告白し合い、互いに無二の〈エス〉として絆を結ぶ。一度結んだ絆は卒業まで決して解けない、固い結束の誓いがあった。絆の証として、エス同士は制服のリボンを交換していたのだそうだ。

とりわけ上級生と下級生のあいだの交流は熱心で、上級生に憧れて「私のエスになってください、お姉様！」と頼む者もいれば、可愛らしい新入生を義理の〈妹〉に迎えようと画策する女学生もいたそうだ。

そんな伝統がある学院で、高取さんと波佐見さんは同級生ながらお互いに憧れを抱くようになっていた。

「偶然、合唱のクラスで話してな。綺麗な声で歌う子やと思っとったら……さくらはんな、うちのこと気に入ってくれはったんどす。急に、手紙渡してきてなぁ……うちもあの子が好きやったから。ほんなら〈エス〉にならへんって」

それからふたりで過ごす時間は、楽しく温かい時間だったらしい。

授業中に手紙を渡しあったり。図書室で勉強したり。花札やトランプで遊んだり。放課後に待ち合わせたり。門限いっぱいまで遠出したり。家族にも言えない本音を明かして、ずっとふたりきり。

五十年ほど前に青春を謳歌した彼女たちの日常も、わたしが過ごしたそれとよく似ている。青く短い春の記憶だ。どんな時代にも青春はある。

「秘密よ、誰にも言わんといてな、ってそんな約束ばかり交換してたんよ。……懐かしいわぁ。屋上でふたり、ソネット集でも読みながら、洋楽かぶれのあの子が英語で歌うのを聴くのが、いっとう楽しかった。これまでも何度も思い出すくらい、いとおしい時間やったわ」

好きやった。楽しかった。いとおしかった。

波佐見さんが語る過去は眩しい。

「さくらさんとは、いまは……？」

「なんもない。卒業してからも手紙の交換続けようって、また会おうって約束してはったけどなぁ。うちが嫁ぎ先の京都に越してもうたから、それきり」

聞いていると、胸が詰まった。

卒業。転居。それからきっと就職やその先も。人生の節目に別れはつきものだ。小学校時代の友達。懐かしい担任の先生。地元の知り合い。そしてほかにも……途切れてしまった縁なら、わたしにもある。

「修学旅行先が中部地方の古い窯元でなぁ。みんななぁ、つまらんつまらんって、しょーもないことぶつくさいうとったけど、うちは嬉しゅうございましたよ。さくらと旅行できるっておもたら眠れんかったわ」

波佐見さんたちの修学旅行先は愛知の瀬戸市だった。

とりわけ思い出になったのは、焼き物体験だったらしい。

絵付けした猪口に、自分の名前の花を描いた。そろいの小鳥も二羽添えた。思い出を形にして持ち帰るためにつくり、花がらの猪口をお互いに贈りあった。

波佐見椿姫さんは〈桜〉のうつわを。

高取さくらさんは〈椿〉のうつわを。

制服に結んだリボンと同じように、密かに交換したのだ。

「うちらの絆は永久やって誓っといて。いつか大人になったら、このお猪口で乾杯しようって約束しといて。どれも叶わんまま婆ちゃんになって。あかんなぁ」

波佐見さんは、いまでも高取さんと過ごす夢を見るのだそうだ。

ふたりで過ごす夢。屈託なく笑い合う夢。夢が終わりに近づくごとに、波佐見さんは年を重ねていく。なのに高取さんは学院の制服を着た女生徒のまま変わらない。年若く清廉な色白の腕で、波佐見さんを肩に抱き締める。

目が覚めるとどこか淋しい。夫がいて娘がいて家族と過ごす日々は大切だけれども、記憶と後悔は胸に刺さったまま残るから。

そんなふうに、波佐見さんは語った。目には朝露のような涙が浮かんでいた。

「あかんわ。このごろ涙もろうてなぁ」

「波佐見様。よろしければ、私から高取様へ経緯を話すことなら、お受けできますが」

「おおきに。ええんよ。もう昔のことやから。それにな、お猪口とだけでも再会できてうれしいんよ」

清乃さんからの申し出は断りつつも、波佐見さんはどこか名残惜しげだった。

「なんやほっとしたわ。あの子が息災なら、それでええ。ひとづてに聞いたんやけどな、結婚しはったそうやから、娘さんか……お孫さんが猪口落としてしもたんかもなぁ」

満足そうに、それでいて寂しそうに。波佐見さんは猪口を見つめる。

「ああ、でもなぁ。東京旅行は久しぶりで、しんみりしてまうなあ」

日曜日の夜には、地元の京都に帰る予定らしい。

それから波佐見さんは金継ぎ工房をたっぷり見学した後に、お店のうつわをお買い上げされた。家族のものも、と素朴なランチプレートを五枚。店内で配送の手配をされて、木蓮陶房を去っていく間際、わたしにも「おきばりやす」の一言をかけてくれた。

車椅子に乗った背中は、やってきたときよりもどこか小さくなっていた。

3

胸焼けしたように、もやもやがくすぶっていた。

午後になり昼食を食べたあとも気持ちは晴れず、任された仕事も遅々として進まない。眼の疲労につづいて、しまいには頭まで痛くなってきた。

そんなわたしを見かねたのか、清乃さんから「休憩をとるように」とのお言葉。

工房の隅で、しばしの休憩をとる。と、気遣わしげに声をかけてくれた。

「深くお悩みのようですね。高取様と波佐見様のこと、でしょうか」

すっかり察知されていたようだ。

「はい……。事情を知っていても、なにもできないなんて。もどかしい……」

高取さんが猪口の金継ぎをしぶったのは、思い出のうつわだからだ。波佐見さんと過ごした頃の記憶や想いがモノには染みこんでいる。割ると決断できなかったのも、しかたがないことだ。

そこまで一息に話すと、清乃さんはうなずいた。

「麻冬さん……。高取様たちのことを、たくさん想ってくださったんですね」

「想うだけなら……わたしでも。ずっと考えていたんですけど、やっぱりふたりに再会してほしいんです……この想いって、おしつけがましいですか……？」

「いいえ。その想いこそが原動力です。想いがあるから、現実でどう対処するか考えるんです。…………きっと、解決だけが正しいとはかぎりませんね。うつわを割って修繕する道が、高取様にお喜びいただけるものでなかったように」

清乃さんも、店で預かった猪口について考えていたようだ。

「波佐見様のお話をうかがって、私もまだ五里霧中です」

「そうだ！　出張修繕にいくのはどうですか？　大学にきてくれたときみたいに。お客さんのお宅で金継ぎを実演することもあるんですよね？　パパッと修繕するのはどうですか？　高取さんに見守ってもらうようにしたら、割るのも大丈夫かも！」

そしてうつわの金継ぎがうまくいったら。

高取さんも、もう一度、波佐見さんに連絡をとろうと思ってくれるんじゃないかな。

「それはむずかしいです。漆を固めるには、設備が必要です。ご自宅にお招きいただく折には、お客さまと場所や時間の相談も重ねるんです。そしてなにより……今回のケースですと、修繕が完了するまでには、すくなくとも二ヶ月はかかります」

「二ヶ月……！　そんなに……？」

途方もなく長い。

旅行中の波佐見さんと会える機会はいましかないのに。

「麻冬さんは……割ってでも直したほうがいいとお考えですか？」

「それは……高取さんにとって正しいかは、わからないです。でも、金継ぎしたうつわって、きれいだから。もし、大事なうつわが割れても修繕して……手もとにおきたいなってわたしは思いました。わたしがこの工房で金継ぎを見せてもらったみたいに……いいものをみて、心が動くことって、あると思うんだけどな……」

たどたどしく答える。清乃さんのまなざしに神妙な気配が宿った。

「いいものをみて、心が動く……」

そう、つぶやく。

と。

電話が鳴った。着信音は〈ドナドナ〉。このメロディは木蓮陶房の固定電話だ。問い合わせの電話だろうか。

店内へ駆けて、受話器をとる。

「はい。木蓮陶房です」

「ごきげんよう。高取です」

脳に電流が走る。まさしくいま、話したかった相手だ。

「ごめんあそばせ。猪口を預けたままだったはずよね。しばらく体調を悪くしてしまっていて……それで連絡もできずにいて……」

「だ、だめですよ！　高取さんが倒れたら……！」

波佐見さんが困るはずです！

そう言いたくてしかたない口を必死につぐむ。

落ち着け、わたし。ふたりの事情を知っているからと言って、むやみに踏み込むのは無神経だろう。ああ、でも——隠し事は苦手なんだ。ますます頭痛の種が増えていく。

「心配してくれているのね。ありがとう。平気よ」

受話器越しの高取さんは、わたしの動揺をすばやく悟ったようだ。

声に穏やかな調子がもどる。

「あのね、ようやく決心がついたの。お店に預けていた猪口だけど、やっぱり金継ぎの依頼は遠慮するわ。ごめんなさいね、散々悩んで取り消しなんて」

「そう……ですか。いえ、大丈夫ですよ」

帳台の引き出しから受付帳をとりだす。高取さんの記入した受付書のキャンセルの欄にチェックを入れておく。ついでに住所を確認すると、西荻窪の地名を見つける。お住まいは、吉祥寺駅からなら徒歩でもたどり着けそうな距離にあるようだ。

「あの。ご自宅まで届けにうかがいましょうか？」

幸い、午後に来店予約はない。

店番を外れて届けに行ってもいいかは、清乃さんに確認してみよう。

「お願いしようかしら。すこし肌寒くなってきたから、出歩くのも気が重くて」

「がってん承知です！　……じゃなかった、承知いたしました、高取様！」

電話をきって一息つく。電話越しのお客様対応はまだ慣れてない。どうも力みすぎる癖がある。

工房で清乃さんに事の次第を伝える。

「高取様のご自宅へ……。では、私もご一緒しますね」

すると、店主からはそう返ってきた。

木蓮陶房の店主は清乃さんだ。開店中に無人とはいかないだろうし……と気を揉んでいたら、さっそくシャッターを下ろしに行ってしまった。臨時休業の札を下げて、店じまいを手伝う。あっという間に終わってしまい、清乃さんは一礼して工房へ戻った。

「用意があるので、少々お待ちください」

ふたたび店頭に現れたときには、小さな竹籠を手にもっていた。中身は風呂敷につつまれた小包だ。なんだろう？　と思うが、質問できる隙はなく、店主は無言のままスタスタと足早に駅へ歩いた。

清乃さんと西荻窪へ。吉祥寺から総武線で一駅。電車に揺られて駅で下車し、歩くこと約十五分。高取さんのお宅は椿の生垣が植えられた一軒家だった。

インターホンを押すと、「はぁい」と返事がかえってくる。

玄関先に現れたのは高取さんご本人だ。顔色がほのかに青く、表情もぎこちない。

「いらしてくださってありがとう。さあ、お上がりになって」

勧められるがまま居間へ。勧められるがまま清乃さんとそろってソファに座る。厨房へ消えた高取さんは、お盆にティーカップをみっつのせて現れた。

「手狭だけどゆっくりしていってね」

紅茶はウバだそうだ。ローテーブルにおかれた砂糖瓶をすすめられる。

「あ、あの……ご気分がすぐれないところお邪魔してすみません」

「あら……ごめんなさいね、私ったら強引にあがらせちゃって。こんなお婆ちゃんを訪ねてきてくれる人なんて、なかなかいないものだから、つい、ねぇ」

困ったように眉を下げて笑う、高取さん。

どことなく放っておけない雰囲気があるひとだ。可愛らしい家具がそろった室内は居心地がよく、長居を誘われる。でも、用件を忘れてはいけない。清乃さんにアイコンタクトを送る。しかと頷いてから、隣席の店主は風呂敷包みをほどき桐箱をテーブルに置いて切り出した。

「高取様。先日、お預けいただいた猪口をお返しにあがりました」

「ありがとう、木蓮さんの店主さん。依頼の取り下げなんて申し訳ないわ。キャンセル料金は……」

「いえ。お代は不要です。やはり割ることには、抵抗がおありでしょうか」

「そうねぇ。お店でお話ししたあと私も熟考したのよ。それから〈金継ぎ〉をしたら同じうつわではなくなるかしら、って思ってしまったのね」

「同じじゃなくなる……？」

疑問はつい口からこぼれた。高取さんが柔らかく微笑む。

「そんなことはないって頭ではわかるのよ。だけれどもね、心が迷って着地してくれなかったの。うつわの〈ひび〉もずっと前にできたものだったのに。いまさら直すなんてきっと虫が良すぎるわ」

だからこそ、思い直して取りやめた。

それだけ告げて高取さんは紅茶に手をつけた。

口にふくんでから吐息が落ちて、ソーサーの溝をカップの底が打つ。視線はずっとローテーブルの桐箱に向けられたままだった。

「この猪口はね、学生時代の思い出の品なの。大切な……友達と、いっしょにつくって交換したものよ。学校を出て結婚をして……長い人生、良い時も悪い時もあったわ。荒れた道を裸足で歩いて、艱難辛苦を舐めて、泣きながら過ごした日だってあるのよ。私がこの歳まで生きてこられたのは……どんなときも、思い出が胸にあったから。この猪口を見るたびに、私を支えてくれた温かな手を思い出せたから。……もう、途切れてしまった縁だとしても、それは変わらないの」

高取さんはゆっくりと記憶をたぐり寄せるように話した。聴きながら、波佐見さんを思い出す。彼女もきっと同じことを言っていた。

記憶と後悔は胸に刺さったまま残る。きっと残ったのは、痛みだけじゃない。

清乃さんが深々と頭を下げる。

「高取様。先日おいでいただいた際は、思い出のうつわを〈割る〉などと不躾な申し出をしてしまい、誠に申し訳ございませんでした。私の認識に不足がありました。お客様の立場を慮《おもんばか》るならば、もっと、よりよい提案ができたはずでした」

「いいのよ。ただの……わがままよ。木蓮さんはじゅうぶんよくしてくれていますよ」

「格別のご配慮、誠に幸甚に存じます。……高取様。これから申し上げることは、どうか歓談の延長としてお耳をお貸しくださいませ。いらぬ世話だとなじられても構いません。

無用の気遣いかもしれません。貴女様のお心にむやみに触れようとするのは、無礼かもしれません」

それでも――貴女様とのあいだを渡る橋があればと思います。

清乃さんはそう前置きしてから。澄んだ声で毅然と告げた。

「先日、波佐見様という女性が木蓮陶房へご来店されました」

その瞬間、高取さんの面差しに衝撃が走って。

瞳が大きく見開かれたあと、ゆっくりと萎んでいく。

「…………そう。そうなのね。…………何かの縁かしら」

「偶然がふたつ重なるのは必然、かと存じます」

清乃さんの後を追うように、声をかける。

「高取さん。わたしからも言わせてください。波佐見さん、ご旅行で東京まで足を運んだそうなんです。ブログに載せてたうつわをお買い求めになるために、木蓮陶房までいらしたんです。こんな偶然ってありますか。……こんなのもう運命だって、思うくらい」

言い募りながら、もどかしかった。

波佐見さんが来店された時もそうだった。

半世紀前に青泉館女学院を卒業した女学生たちは、お淑やかで優美で、それでいて遠慮がちだから、見えない心は推察するしかないけれども。ふたりとも相手を語るときは嬉しそうで寂しげだ。言葉と声、静かに伏せる目蓋のひとつひとつ。すべてが「もう一度会いたい」と物語っていた。

「会いましょうよ。会いにいきましょう。ふたりとも生きて、同じ時代に、同じ街にいるんですから。伸ばした手はきっと届きます」

街は人生の交差点だ。振り合う袖には、一期一会もあるだろう。途切れて遠くなる絆もあるだろう。それでもなお、忘れずにいとおしみ、互いの幸福を願えるなら。神様がそっと微笑んで、奇跡をくれてもいいじゃないか。

「………強情なおかたね」

正面の席では、高取さんが震える手を握りしめている。

その甲の皺は年を重ねるごとに刻まれていったものだろうか。小枝のように細い指が所在なく組み直される。

やがてティーカップへと伸ばされた人差し指に、清乃さんの手が重なる。

「私からは、もう一度だけ〈金継ぎ〉の提案をさせていただきます。猪口は割りません。決して、割りませんとも。代わりに〈ひび〉を漆で埋めて、最後に白くかがやく銀を蒔くのはいかがでしょう。ひびがあるから、新しい〈景色〉が生まれます」

完成図を想像する。ひびを埋めて銀継ぎされたうつわ。まるで雪景色に咲くまぼろしの青い椿。小ぶりな猪口によく似合いそうだ。

高取さんは尚も渋る。

「漆で埋めるだけでは、接着しきれないのでしょう。……もしも〈ひび〉が広がってしまったら？　もしも割れてしまったら？」

不安そうに瞳が揺れて。表情が曇ってくしゃくしゃになる。

なんだか迷える女学生みたいだ。

「ご安心ください。木蓮陶房で、何度でも継ぎ直しいたします。たとえば……こんなうつわがあるんです」

清乃さんは竹籠からもうひとつ、包みをとりだした。

風呂敷包みがふわりと開かれ、桐箱の中からうつわがあらわれる。

テーブルの上には、まっさらな白磁の茶碗。

「こちらは瀬戸物を金継ぎした〈春望《しゅんぼう》の雪《ゆき》茶碗〉です」

「まあ……。きれいね……。それにこの図案……」

〈春望の雪茶碗〉の中央には、二輪の花が添えられていた。

麗らかな春の桜と、凍てつく冬の椿。花々は交差し、細く長い茎が結ばれていた。まるで離れることをいとうように重なりあっている。

「じつは……高取様がおつくりになった猪口と、同じ窯元でつくられた品を探してみたんです。瀬戸の窯元で陶芸にいそしむ作家さまにも、木蓮陶房はご贔屓にしていただいておりますから。金継ぎの習作用に、ひびが入った茶碗をお譲りいただきました。このうつわをつくられた陶芸家の方はご高齢なのですが……ずいぶんむかしに、瀬戸を訪れた女学生たちがつくった、かわいらしい猪口に刺激されてつくられた品だそうですよ」

清乃さんの言葉を受けて、高取さんの瞳がうるんだ。

変わらないまま、新しく懐かしいものと出会うこともできる。わたしもそう信じたくて、老婦人の決断を待つ。

ややあってから、口の端からこぼれ落ちたのは、からりとした微笑みだった。

「……木蓮さんったら。こんなものを見せられたら……意固地な老体でも、心変わりしなきゃいけないわね。……もう。こまったお嬢さまがたですこと！」

4

それからのことは、すこしだけ話そう。

天高く馬肥ゆる秋晴れの日。昼下がり、井の頭弁財天へ参る老婦人がいた。付き添い人はわたし——花岬麻冬。車椅子をおして朱色の本堂の前へとお連れすると、老婦人はころころと微笑んだ。

「可愛いお寺やねぇ。今は東京にもこんなところがあるんやなあ」

京都から足を運んだ波佐見さんは、本堂を彩る龍の彫刻をしげしげと眺めながら言った。井の頭公園にははじめて訪れたのだそうだ。アーチ状の橋を渡った先の小島に浮かぶ本堂は、地上にあらわれた竜宮城みたいだ。

紅葉の赤が、銀杏の黄が、浅瀬に落ちる。

「吉祥寺有数の名所ですよー。今日はボートに乗る人たちも気持ちよさそう」

水辺を眺めつつ、ちらりと腕時計をうかがう。そろそろ時間だ。

井の頭池にかかる橋の向こうから、本堂へ向かってくる女性がいた。

顔は日傘で見えない。矢絣の着物に、天女が纏うような桃色の羽織。白い帯に結ばれた帯留めには、彼女の名前とおなじ桜の花がさりげなくあしらわれていた。

――高取さんだ。

背後には、付き添いの清乃さんが控えている。

本堂の前で高取さんは日傘をたたんだ。薄化粧の顔に、唇の紅が鮮やかだ。

「ごきげんよう、椿姫。ずっと貴女に会いたかったわ」

「さくら……。ええ、ごきげんよう。あんた、えらい別嬪《べっぴん》になりはったなぁ」

波佐見さんがとぼけたようにつぶやくと、高取さんは肩を落として優しく笑った。

そして和やかな談笑は続く。五十年の隔たりが嘘のように、ふたりはあっという間に打ち解けていった。話せども話せども話題は尽きない。

高取さんは旦那さんを看取ってお孫さんと暮らしているとのこと。きょうの着物選びに悩んだこと。波佐見さんは娘夫婦に誘われて東京旅行にやってきたこと。今朝は家族に化粧を手伝ってもらったこと。

思いがけない再会に、いてもたってもいられなくなったこと。

いくつかの話題を経ても時間は足りず、最後にはこれからまた昔のように手紙を介して語り合う約束を交わしていた。

あなた素敵ね。きょうも綺麗ね。嬉しい。ありがとう。大切よ、ずっと。そんな言葉がいきかう、眩しい昼下がりだった。女学生だったときも、ふたりはこんな会話を毎日のように交わしていたのだろう。その頃から変わらないままの心もある。心配なんていらなかったんだ。

信じつづけた想いの先に、永遠は産まれるから。

──ふと、ひらめく。ただの思いつきだ。

声にするなら息を吸って、そのまま吐くだけ。

「きっよのさんっ。今夜よかったら〈朧月夜〉で晩御飯ご一緒できませんかっ。そのっ……割り勘で！」

「お気に召しましたか？」

「はいっ！　帰りは家まで送りますんで、よっぱらってもいいですよー」

「麻冬さん…………可愛くないです。こんどは私が寮まで送る番ですよ？」

めずらしく清乃さんがむくれるから。そっぽを向いてしまった横顔を盗み見る。照りつける日差しのせいか、すこしだけ暑そうだ。

秋風が木々を揺らし、水面が波立つ。この秋限りの銀杏の葉がひらひらと落下していく。瞬きをする間にも、燃えては散りゆく命の鼓動。

現在《いま》はいつか過去になるかもしれない。

わたしの〈いま〉は、誰かが通り過ぎた〈いつか〉だろうか。

それとも夢みた未来だろうか。答えはわからない。わからないから、せめて惜しもう。全力で惜しんで悔やんで悩もう。きっとひとりでは答えは見えない。堂々巡りの果てに出発点にもどってきたら、すなおに想いを伝えよう。

清乃さんと目線が交差する。昨日よりも近くで。

その瞳に映る色をもっと知りたくて、いま、ここにいる。

第三章　欠け

1

前略　おばあちゃん

お元気でしょうか。

岐阜は暑いですか、寒いですか。飛騨山脈の霊峰は晴れていますか？

わたしは元気です。都会での新生活も肌になじんで、つつがなくキャンパスライフを送れています。幸い、アルバイト先にも恵まれました。

しかしながら、不慮の事故とは忘れたころにやってくるものみたいです。

東京へきて一年と八ヶ月。


——突如として家なしになるとは思いもしませんでした。


「おおー。燃えに燃えたなぁ。ま、燃えちまったもんは仕方ないよな」

諦めに満ちた瞳孔が空へと泳ぐ。

わたしの隣では、越前先輩が学生寮を見上げていた。

築四十年、歴史文化遺産に片足突っ込んでいる木造アパートだった。壁に蔦がびっしりと生い茂る外観は、英明大学近隣のちょっとした名物建築にもなっていて、寮生以外の学生たちからは心霊スポット扱いされることもあった。

吉祥寺東分寮。キッチン・バス・トイレは共用。清掃は寮生たちの自治任せで持ちまわり。男子棟と女子棟、それぞれに二十室。家賃は超格安。

学生課からの紹介で入居した好物件だ。

霊感がないせいか、これまで幽霊本体とも心霊現象とも遭遇しなかった。

不便は夏場は冷房が突然止まるくらい。

四年間、お世話になるつもりで住んでいた。地方からの上京者を毎年絶えず受け入れてきた学生寮だ。越前先輩も、学部一年のころから長居しているそうだ。

そしていま――。

その、わたしたちの根城であり生命線である学生寮から、黒煙があがっていた。

もくもくと絶えず夕空へと昇っていく煙は、巨大な怪獣の影がゆらめくようだった。すぐにサイレンを鳴らしながら、消防車が駆けつけてきた。救急車も道路に停まっている。パトカーからは警察が降りてきて、次から次へと野次馬らしき人々が集まってくる。

あたりは住宅地だ。

不幸中の幸いにも、燃えたのは学生寮のみ。

火事が起きたのは平日の日中で、建物内に住民はひとりもいなかった。夕方五時を過ぎてから偶然、寮に戻ったら建物が燃えていた。

大慌てで管理人さんに連絡して、寮生に伝言をまわして、今に至る。

呆然とする越前先輩を見つけて声をかけたら、どうやらわたしと同じように火災発生時の混乱に巻き込まれていたことがわかった。

「なに呑気にしてるんですか……！　火もとは男子棟だって聞きましたけど!?」

「こわいよなぁ。出火は厨房のコンロからだとか。昼につくったカレーを火にかけたまま寮出ていったやつがいたんだと。男子棟ほぼ全焼、女子棟半焼の殺傷力はすげぇよ。死を呼ぶ破滅のカレーだろ、ははは」

あ、これ精神が限界に達してる人の反応だ。

だらりと投げだした腕をあげて、越前先輩は両手で顔を覆った。

「俺、ノートパソコン寮に置いてたんだよな。まだ途中の修士論文のデータ残ってるやつ。どうすんだろ……単位もらえんのかな……クソだもう人生終わったなにもわからん……」

「ご愁傷様です……」

火の手はわたしの部屋にも及んでいた。

被害は羽毛布団と買い置きしていた食料が全滅したくらいだ。

全焼しなくて良かった、と思うべきかな。パソコンは大学に置かれている共用パソコンを使っているから提出用レポートは無事だった。教科書類も持ち出していたのが幸いした。

越前先輩はずっと、深くため息を落としていた。

「失ったものは戻らないんだよな、悲しいことに」

「……ですね。切りかえて歩きましょう。当座の課題は、今夜の寝床ですし」

すでに日は暮れかけている。

十二月になり、日照時間は短くなっていた。

平和な日本にいるとはいえ、野宿とはいかない。

越前先輩は大学に泊まりこむつもりらしい。しばらくはいつも過ごしている博物館の修復室で厄介になりながら、学生寮の復旧を待つそうだ。

考古学講義のよしみで博物館住まいを提案されたが、丁重に断っておく。お誘いはありがたい。けど、あの空間はなんとなくいやだ。

越前先輩の背中を見送ってから、ひとりつぶやく。

「さて、と。どうしよっかな」

手元にあるのは、通学用のデイパックと財布にスマホ。筆記具。教科書。

明日も朝から授業がある。

実家に連絡は入れたほうがいいけど、心配をかけ過ぎてしまうかも。考えごとをめぐらせながら、吉祥寺駅方面へと歩く。

駅前のロータリーまでたどりついたところで、足が止まった。

横断歩道を渡ったさきには、ゾウの銅像。

井の頭自然文化園にいたアジアゾウの「はな子」をモデルにした銅像だ。

存命中は園の人気モノならぬ人気ゾウだったらしい。天寿をまっとうした「はな子」を惜しみ、吉祥寺を訪れる人々を見守るシンボルとして、彼女の銅像が建てられた。片足をあげて長い鼻をもちあげたはな子は、いつものんびりと構えている。

パオンとは鳴かないはな子と、目があった。

駅前広場は吉祥寺駅前の待ち合わせスポットにもなっている。

そういえば、これからどこにいくかまだ決めていない。

そう、今日、きょうの寝床だ。いきなり押しかけて泊めてもらえそうな友達……も、ちょっと思い浮かばなかった。

吉祥寺のあたりには宿泊所が少ないし、漫画喫茶の場所も思い出せないし、中央線に乗って新宿あたりまで行けばカプセルホテルがみつかるかな。都心は歩き慣れてないから、地図アプリをみておかないと。ひとまずネットで検索してそれから、それから。

ぐるぐる考えこむほどに、指先は動かなくなった。

背後からやってきた通行客と肩がぶつかる。

とっさに「すみません」と頭を下げる。

目線を上げると、低く掠れた声で名前を呼ばれた。

「あれ。麻冬さんだ。こんなところでなにしてんの？」

「逸流くん……」

〈朧月夜〉の板前見習いの彼。ぶっきらぼうだけど心根は優しい少年だ。

いまもスマホ片手に「ごめん。レアモンスター狩ってて、前方不注意だったかも」ともごもご口ごもりながら、こちらを気遣ってくれる。

なにしてるの、か。……わたし、なにしてるんだろう。

頭を掻きながら笑顔をつくる。

「じつは、住まいが火事で焼けて出てきたところだったり……」

「は？　ど、どういうこと？」

かくかくしかじかと説明する。火事について話すほどに逸流くんの顔が青くなっていくので、慌てて言いつくろう。

逸流くんはしっかりしてるけど未成年だ。

わたしの事情に巻き込んで親御さんに心配をかけるようなことはあってはいけない。

ここで深刻になるのは避けたい。

どん、と胸を叩いて笑う。

「大丈夫、大丈夫！　こんなこともあろうかと普段から節約してるから、宿泊代くらいはばーんと出せちゃうよ！　ここ、東京だし、カプセルホテルで寝泊まりして、コンビニで食いつなげばしばらくは大丈夫！　とりあえずこれから新宿あたりまで電車で行くつもり！　わたしはこのとおり無事だし、健康だし、大丈夫だし問題ナシ！」

逸流くんはなぜか、苦虫を噛み潰したような顔になった。

眉間にぎゅっと皺が刻まれて、切れ長の瞳で睨んでくる。ヤンキー用語で言うところのメンチを切るってやつだ。いくら美少年でも、至近距離で睨まれるとけっこう迫力がある。

あ、やばい。どうもまた逸流くんを怒らせている。

かたくなな表情は崩さず、逸流くんはベンチを指差した。

「待って。そこ座って。……で、姿勢よくして」

「え？　なに？　急にどうしたの」

言われるがまま、駅前広場のベンチに座らせられる。はな子像の正面だ。逸流くんとアジアゾウに同時に睨みつけられて、思わず硬直する。

「顎もうちょっとあげて。……ん。いいかんじ」

逸流くんはスマホを縦に構えていた。

カシャ！　シャッター音。ライトが点滅して、フラッシュが焚かれる。

眩しさから目をしばたたくと、液晶画面を顔の正面にぐいと押しつけられた。鼻先がくっつきそうだ。ぼやけた視界のピントがやがて合うと、画面には憔悴しきった顔の女子大生が映り込んでいた。

「はい。こういうの、論より証拠って言うんでしょ」

写真に映っていたのはわたしだ。

普段着のパーカーの肩口は煤けていて、頬にも汚れがついている。消火を終えた寮から出てくるときに、付着したようだ。ショートに切りそろえた髪もいくらかはねている。

そういえば、鏡をみる余裕なんてなかった。

逸流くんはスマホのカメラで撮って、証明写真よろしく見せてくれたのだ。

「僕、大丈夫ってたくさんいうひと嫌い。……嘘じゃん。だいたい無理してるときにいうよね。そんな状態で慣れない繁華街までひとりで行かせるとか、ないから。ここで見逃して、清姉さんに怒られるの僕なんだからな。まったく……感謝してよね」

たしなめられてようやく気づく。

自分で思っていたより、ずっと混乱していた。学生寮が火事で焼けて、行き場に困り、なんとかしなきゃと思うあまり、必要以上に空元気を振りまいていたみたいだ。

悪い癖だ、と思う。

「ごめん……ありがとうね」

「ん。わかればよし」

抱え込んで我慢する癖は一朝一夕には抜けない。

逸流くんはそれから、カバンからスポーツドリンクをとり出した。「駅前で配ってた試供品。飲まないから、あげる」とぶっきらぼうに手渡してくる。誰かに親切にするのは不慣れそうでなんだかほほえましい。

キャップを開けてひとくち飲む。

スポーツドリンクはぬるかったけど、肌寒い夜にはぴったりだった。ぼうっと往来を眺め、スマホでどこかに電話をかける逸流くんを見守っていると、気持ちも落ち着いてきた。

そして十分後――。はな子像前に清乃さんもやってきた。

「麻冬さん……！　よかった！　ご無事だったんですね」

同じ町内の出来事だ。学生寮の火事について、清乃さんの耳にも届いていたようだ。

逸流くんが助けを呼ぶ大人なら、清乃さんだろうとは思ったけど……。

こんなところを見つかるのは恥ずかしい。

「すみません。ご面倒をおかけしました……」

頭を下げる。と、ふわりと首元に柔らかな毛糸が触れた。

ウール素材の青いマフラーだ。

十二月になり街路樹も風も冬支度を始めている。マフラーのぬくもりに、うっかり涙腺がゆるみかけ、とっさに引き結んだ唇をうつむいて隠す。瑠璃色のマフラーは、ついさっきまでは清乃さんの首もとを温めていた。広場に駆け込んできた清乃さんは薄着で、寒そうなくらいだった。

「面倒ではないですよ。困ったときはお互いに助け合うのは、あたりまえです。木蓮陶房では麻冬さんに助けてもらっていますから、こういう場面では迷わず頼ってください。それなら、イーブンでしょう？」

清乃さんの涼しくも穏やかな瞳がこちらを見据えていた。

その声があんまり優しげなので、目を伏せる。

反抗期の頃に親と口論になったときみたいな、でもそのときよりもずっと痛痒《いたがゆ》くてくすぐったいような、胸のうちに氷と熱が同居しているような、複雑な心持ちだった。

一言も返せずにいたら、手首を掴まれた。

意外にも、強く腕を引かれた。

「弁解を聞く耳はありませんので。麻冬さんはこのまま……うちに連れて帰ります。それから毛布でくるんで髪を梳かして、お腹いっぱいになるまでご飯を食べてもらいます」

「わ、わたし野良犬かなにかだと思われてます……!?」

助けを求めて逸流くんを見つめる。と、どこか得意げな苦笑が返ってきた。

「いいじゃん、甘えときなよ。僕もそっちのほうが安心」

「ふふ。麻冬さんが心配なんですよね？」

「ちがうし。ないから。それはマジないから！」

全力で否定する逸流くん。優しくほほえむ清乃さん。

いつもどおりの応酬を目の当たりにしていると、動揺がやわらいで、かたくなだった心がなごんでいくのがわかった。ほんとうにすごい。さっきまで呼吸の仕方も忘れていたようなのに。わたしの日常はここにある。

「お言葉に甘えてお世話になります……！」

つかまれたままの右の手首に祈るように指を重ねる。

ひんやりとした温度が、ちょうどよかった。

2

管理人さんからは、学生寮はしばらく閉鎖になるとの連絡があった。

寮生は散り散りになり、関東圏に実家がある学生は、早めの帰省をするそうだ。そのほかの面々も親戚を頼ったり、学内外の伝手をたどって助けあっているとわかってほっとした。

緊急時に頼れる相手がいるのは心づよい。

普段どおり過ごせない不安は、知らず知らずのうちに心を重くする。

やっぱり、清乃さんがいてよかった。事情を話して、しばらく居候《いそうろう》としてご厄介になれないかと頼み込むと、すぐに快諾してくれた。落ち着いたら実家にも連絡を入れようと誓う。

そして木蓮陶房についてすぐ、二階へあがらせてもらえることになった。

「どうぞ。おあがりください」

「お邪魔します。……あ、玄関に招き猫ある」

玄関先。靴箱の上に飾られていたオブジェも陶器だった。真っ白な招き猫だ。手にもった小判はうっすらと虹色の光沢を帯びていた。

「この子、ビャクヤっていう名前です。うちの守り猫」

「可愛い！」

店と工房があるのは一階。

二階はまるごと生活の空間にしているそうだ。洋風の一階とは異なり、靴を脱いで過ごす日本家屋のつくりだった。

清乃さんについて居間へ。キッチンつきの広い部屋だ。

すすめられるがまま椅子に腰をおろすと、清乃さんがお茶の用意を始めるので、手伝いを申し出る。が、すぐに却下された。

「麻冬さん。体に心に思わぬ負担がかかっているものです。オーバーワークにはしたくありません。今日はゆっくり休んでもらって、それから明日からのことを考えましょう」

ぐうの音も出なかった。

しぶしぶ承諾して、借りてきた猫のように大人しく待つ。

整理整頓のいきとどいた部屋を眺めながら、不思議な心地を覚えていた。木蓮陶房の二階に住んでいることは知っていたけど、お邪魔するのは初めてだ。

居間の家具は少なく、ダイニングテーブルから見える角度には、薄型テレビのほかに本棚があるだけ。漆と陶芸にまつわる書名が目につく。

清潔感がありシンプル。清乃さんの部屋という感じ。

だけど……なんだろう。すこしだけ違和感がある。

「麻冬さん。そろそろいい時間ですし、お夕飯にしませんか？」

テーブルに湯呑みを置きながら、清乃さんが提案する。

火事からこっち何も食べていないのに、食欲は平常運転だった。こくこく頷く。と、清乃さんはビニール袋から透明なプラスチックケースをとりだした。

中身は油で揚げたカツレツだ。

「では、御覧ください。本日はテイクアウトグルメの日です！」

「わっ！　吉祥寺揚げ！」

合流前まで、夕食の買い出しに出掛けていたそうだ。

駅前アーケードのあるダイヤ街を歩いていたところ、逸流くんからの電話を受けて、駅前広場のはな子像まで急行したとのこと。

「これ、大学終わってからだと売り切れてて。買えたんですね、いいなぁ！」

駅前のアーケード街はテイクアウトの激戦区でもある。

吉祥寺揚げは老舗の練り物屋発案の名物だ。海老や帆立がたっぷり入ったすり身をパン粉で揚げたカツレツで、吉祥寺を訪れる若者から主婦にまで人気の品。

毎日、売り切れ必至のため、近所に住んでいてもなかなかありつけない。

ヒノキのテーブルにはぞくぞくと皿が運ばれてきた。

茶碗に盛られたつやつやの白米。お味噌汁。副菜の小鉢。

清乃さんの着席を待ち、手をあわせる。

「いただきます！」

「いただきます」

さっそく吉祥寺揚げをいただくことにする。

二本の箸のあいだに挟むと、揚げたころもが取り皿にほろりと落ちた。ひとくち噛むとサクッと軽い食感が前歯にかえってくる。カツレツの中身は白身魚のすり身だ。魚介特有のぷりぷりとした噛みごたえがあり、中にはほうれん草も入っている。

噛み締める。と。

ほのかに甘い旨味に舌鼓を打つのも束の間、じゅわっと磯の香りが広がった。

すり身からとろりと溶け出てくるのはチーズだ。これがまたおいしい。ころもからしっかりと油分を感じられるのに、口あたりがくどくないのも絶妙だ。そのままでも十分いける。

花岬家は濃い味好みのソース派だけど、関東風のあっさり味も美味だから迷う。カツレツにソース。かけるべきか、かけざるべきか。それが問題だ。

苦渋の決断をくだして、そのまま二口目を頬張る。

「食べごたえ抜群……！　練り物屋さんの品だけあって、すり身がおいしいのなんの！　優しく懐かしい味がする海の幸を、ころもでくるんで揚げるって発想がもう天才……！」

「気に入っていただけてなによりです。はい、こちらは〈朧月夜〉の板前見習いさんからら」

渡されたのは、南瓜と蓮根の煮付けの小鉢だ。

ごま油がふわりと鼻孔をくすぐって、食欲を刺激される。ひとつ食べたらもうひとくち自然と箸が伸びる。

「くーっ！　おいしい……。南瓜に染みた醤油が胃袋にしみる……」

逸流くん、ますます腕を上げてるみたいだ。

誰かと一緒の食卓は嬉しい。いつもは寮に帰る時間がばらつきがちで、ひとりで食べる日ばかりだったから。おうちご飯の味に、なごやかな時間に、ほっとする。

正面の席では清乃さんがずっとにこやかに座っていた。今夜はお酒は入ってないようだけど、みるからに上機嫌だ。工房で金継ぎをしているときは真剣そのものだから、このひとが肩の力を抜いて、ゆっくり食事を楽しんでいるのが、なんだか幸せだった。

夕食後は、二階を案内してもらった。

清乃さんの私室は東側。バス・トイレの設備のほかに、西側にもう一室あるから、そこは自由に使っていいとのこと。今晩の寝床はもう心配しなくてよさそうだ。

「空き部屋なので、汚れがあったらすみません」

殺風景な部屋だった。六畳間の和室の中央には、布団がひとつだけ畳んである。ほかに家具はない。磨りガラスの窓が半分開いているのは換気中だからだろうか。空き部屋だぞうだけど、掃除はすでに終わっていた。

「あの、清乃さん。今日はありがとうございます。わたし、焦ってたみたいで」

「麻冬さん。この家にいる間はどうか遠慮せず。共同生活は寮暮らしで慣れているかもしれませんが、この家は私だけですので、のんびりしていってくださいね」

「それは、嬉しいんですけど……あんまり甘やかすと、変に増長しますよ？　清乃さん優しすぎて……このままズブズブ浸かったら、わたしそのうちおかえりのハグとか提案しかねない」

「どうぞ？」

どうぞ!? 思わぬ返事に戦慄した。

清乃さんはけろりとしている。意図がわからず、その場から三歩あとずさる。

すると、じりじりと距離を詰められる。

スリッパが床板を滑って、つま先同士がくっついた。

もしや、ハグの流れ?

いや自分で言い出したことだけど……!

恥も外聞もない高校時代ならノリで友達とハグくらいしてたけど……!

大学に入ってからはない。懐かしいとか恋しいとかもない。断じてない! というかいきなり恥ずかしすぎる!

ふっと、清乃さんが噴き出す。

「ふふ、ようやく一本。冗談ですよ、お得意の。では、おやすみなさい、麻冬さん」

お風呂でのぼせたみたいに血が沸騰して、顔が熱くなる。

しゃがみこんで頭を抱えたいくらいだった。

からかわれた!

〈朧月夜〉で一緒に食事するようになってから、こうしてたびたびいけな学生にお灸を据えてくるんだから……。

部屋を明るくしようと、壁際の照明スイッチをオンにする。

が、反応がない。ならばこうかと、天井に据え付けられているペンダントライトから垂れた紐を引く。パッと明かりがつく。

同時に、はらりと一枚。封筒が落ちてきた。

電灯のかさに乗っていたものだ。なんでこんなところに。

電球の保証書か何かかな。なんとはなしに開封して、それから息を呑んだ。

はがきサイズの用紙に、見知らぬ筆跡が躍っていたのだ。これが達筆だった。


〈いつの日にかこの仲間と氷の国にて極夜を望む〉

と、墨で書かれている。


そのまま裏がえすとカラー写真だった。

十人ほどの人々が映った集合写真で、背景は木蓮陶房の店頭だった。見慣れたはずの店頭には、開店祝いのフラワースタンドがいくつも立っていた。この店の開店当時に撮られたものだとすぐにわかる。

輪の中心には、すこしだけ若い清乃さんと——知らない男性。中肉中背ながら肩幅はがっしりと広く、柔和な顔立ちには堂々とした貫禄があった。爽やかで快活な笑い方からは、どこか年齢不詳な印象を受ける。特徴があるのは服装で、紺色の作務衣に頭にはバンダナ。

ああ、そうだ。――違和感ならあった。

ひとり用には広いダイニングテーブル。ふたつそろった椅子。

色違いのマグカップ。

ひとつだけ余っている空き部屋。

掃除が行き届いた清潔な部屋。

六畳間の和室をぐるりと見まわす。靴下越しに伝わる畳の滑らかな感覚が、いまは冷たく、立っているのがやっとだった。体の軸がぐらぐら揺れて足もとがふらつく。

清乃さん。わたし、ほんとうにここにいていいんでしょうか。

3

仮定の話。清乃さんに恋人がいることにしてみよう。そうしよう。

女同士の気やすさで軽く尋ねればいいわけで、惚気話の聞き役に徹するのもまた楽しい。

このとき残念なことに、こちらから提供できるネタはない。

友達から聞いた話ならなんとか。柔道部だった高校時代ならまだしも……いや、当時は青春のすべてをかけて部活をしていたし、色恋沙汰とは縁遠かった。おかげで恋人いない歴イコール年齢だ。

木蓮陶房で待機中。

ぼうっとしたまま顔をあげる。ウィンドウガラスには自分の顔が映っていた。

九月の新学期に短く切りそろえた髪は、もうめっきり伸びてきている。ショートカット歴はもう十年。乾燥が楽だから以外の理由はなく、切りっぱなしの髪につける整髪料は最低限で、おしゃれというほどでもない。

長い髪も綺麗だとは思うけど、十年選手ともなると自分の姿とは重ならなくなっていた。伸びた分はそのうち切ろう。後ろ髪を手櫛でまとめて、工房へ。

「清乃さんー」

水洗いをしていた清乃さんが、振りむく。

横浜出身。大学時代は金沢で漆工芸の勉強。就職を機に東京へ。現在は木蓮陶房を営む店主。うつわを愛する金継ぎ職人。才徳兼備な美人。ひとあたりが良くて、たまに食事を忘れるズボラ。意外と酒豪。でもまだ、知らないことはある。

それならこれから知っていけばいいじゃないか。

たとえば、そう。まずは質問してみよう。

――二階ってわたしのほかに誰か出入りしてますか？

「あ。そうだ。先週、金継ぎ用の錆漆の補充するって話でしたよね。あれってどうなりましたか？　まだだったら、ネット通販で注文しておきましょうか」

「え？　足りない分は新宿まで買い足しに行きましたよ？」

「そっか。なら良かったです！」

ごまかし笑いをしながら、背中では冷や汗をかいていた。

どうした花岬麻冬。度胸が足りないぞ、花岬麻冬。

いつになく、および腰になっている。いまはプライベートを共有してるんだし、なにげない雑談をすればいいんだ。いつものように。あれ、いつもどんなふうに雑談してたっけ。

目が泳ぐ。と、作業机の上におかれたモノが視界に飛び込んできた。

「急須……。もうひとつはティーカップ？」

木蓮陶房にはさまざまな割れモノが持ち込まれる。

〈金継ぎ〉の依頼の品だ。持ち主から預かり、清乃さんが漆で継いで金を蒔いて修繕してから返却する。このごろは店頭販売より金継ぎ業のほうが盛況なようで、職人気質の店主はずっと忙しそうにしている。

本日、作業にあたるのは、ふたつ。

ひとつは縦縞が細かく刻まれた黒い急須。

もうひとつは、華奢なハンドルがついた洋食器——紅茶を淹れるのにぴったりなティーカップだ。

「急須は焼締《やきし》めの柔らかい陶器。ティーカップは磁器ですね」

「陶器？　磁器？　……ん、あれ？　うつわって陶磁器ともいいますよね？」

同じものじゃないのかな。

「陶磁器をより細かく分類すると、陶器と磁器に分けられます。違いは原料ですね。陶器は粘土。この前、店に持ち込まれた瀬戸焼などはこちら。土の風合いが感じられるものがやはり有名ですね。一方で、磁器とは石の粉末を練ったもの。軽くて薄く、水をはじく特徴があります」

「軽くて薄くて水をはじく。ってことは、わたしが寮で使っていたラーメン皿は磁器」

「はい、ご明察です。磁器と異なり、陶器は扱いにも注意を要します。分厚い素地には水を吸う特徴がありますから。電子レンジや食器洗い乾燥機、オーブンでの使用は厳禁です」

「おお。作るだけじゃなくて使うのも一大事」

「その手間も含めて、うつわの魅力ですから」

だからこそ、壊れモノでも手放さない。

清乃さんのもとにうつわが集まる理由がわかった。

モノを愛する価値観ゆえ。大切なモノを丁重に扱ってくれる人に託す。

「じゃあ、きっとこの急須も大事にされてきた陶器ですよね」

「ええ。お客様からもじっくり直してほしいとのご依頼です」

急須を眺める。

割れ目はない。ひびも入っていない。

そこでよく観察すると、注ぎ口がシャベルで抉った斜面のようにごっそりと欠けているのが見てとれた。このままでは、お茶を注ぐのにも不便がありそうだ。

「こちらの診断は〈欠け〉になります」

一部が欠損したうつわ——〈欠け〉。

壊れた部分の破片がない状態からのスタートのため、割れた破片を漆で継ぐのとは修繕方法も変わってくる。

「欠けてしまったものは自然には直りません。そして、破片もすでに失われているとなると、欠けた部分は代わりの素材で埋めていかなければいけません」

「金継ぎですよね。漆の出番！」

「そうですね。漆だけではなく今回はこれも使います」

「これは木のチップ？」

五ミリほどの薄い木片だ。

木材をカッターで細かくけずってさらに微塵切りにしたら、こんなものができるそうだ。

ふだん、清乃さんが使う金継ぎの道具にはない。

「小さな木片を欠けた箇所に埋め込み、漆で固めていくんです。お預かりした急須は素地が柔らかな陶器。木材と漆は相性がよいものと決まっていますから」

漆の原料は樹液だからかな。

先をせかさずとも、清乃さんは嬉々として語る。

「陶器。磁器。それともう一種類。紹介したいうつわがあるんです。麻冬さんもきっと、ご存じのものですよ」

「紹介したくなるうつわ？」

なんだろう？　思い浮かばない。首をひねって考えている間に、清乃さんが〈ムロ〉へと小走りで駆けて戻ってきた。

作業机に弁柄色のつるりとした椀が置かれる。

「漆器です！　こちらは土でも石でもなく、木に漆を塗ったうつわ」

「あ、そっか。漆って、金継ぎの材料だけじゃない！」

昨夜の食卓で、お味噌汁のうつわは漆器だった。

手にもっと軽く、弁柄の朱が上品だ。

漆塗りだから水もはじく。普段使いにはぴったりだ。

「最近は、木蓮陶房にも漆器が持ち込まれるんです。じつは訳あって……漆器の繕いは避けていたのですが……お断りするのも忍びなくて」

清乃さんいわく、漆器の〈欠け〉も金継ぎで直せるものらしい。

説明を終えたあと、店主はすぐに手仕事に没頭しはじめた。その背中を見守る。

……水をさすのは悪いよね。

親しき仲にも礼儀ありだ。引っ掻きまわすなんてもってのほかだろう。

工房をあとにして店頭に戻る。

と、戸外のポストが目についた。

木蓮陶房の入り口には郵便受けがある。宅配ボックスつき。百葉箱のような形をした白いポストだ。アルバイトの日は、中を確認するのもわたしの仕事。いまは暫時の同居人だから毎日確認したほうがいいよね。

清乃さんの負担は軽くしたい。

ポストを開けると、チラシでいっぱいになっていた。

ピザ屋。中華料理屋。イタリア料理のデリバリー。不動産広告。町内会誌。派手な見出しが躍るスーパーの特売広告。そして――。

真っ白なコピー紙。そこには、筆で書かれたような流麗な書体が躍っていた。

一文字がこぶし大の大きさだ。否応なく瞳に飛び込んでくる。

〈棗芽清乃は大罪を犯した〉

チラシをめくる手が止まる。

頭をよぎるのは、昨夜見つけた写真だ。

清乃さんと、知らない誰か。開店したばかりの木蓮陶房。

——過去。

「ねえ。清姉さんいる？」

鉛色のおかもちを持った逸流くんが、背後に仁王立ちしていた。

和装の衿《えり》がついた白い調理服はサイズが大きいようで肩幅が余っている。もう寒いのに膝丈のスラックス。さすが高校生。まだまだ風の子だ。

「……逸流くん。逸流くんはさ、清乃さんと初めて会ったのって、いつ？」

「なに、急に？」

「いいから答えて」

「え……？　五年前だけど。麻冬さん、なんか顔こわいよ」

確信に変わった。清乃さんには秘密がある。

秘密を明かしてもらえるほどには、わたしは信用されていない。

ちょっとショックだ。自分ばかりが頼りにしている。

……わたしだって頼られたいのに。

「逸流くん。手伝ってほしいことがある」

「うわ……ガチメンドクサそうな気配。僕、忙しいんだけど」

おかもちを左手に持ち替えて、逸流くんが心底嫌そうに眉を顰める。懇願するように見つめると、ぷいっとそっぽを向いてしまった。……これは無理そうだ。ひとりで抱え込むには重いから、誰かに相談しようと思ったのだけど。

仕方なく、スマホを取りだして連絡先を探り始めたら、背中をおかもちで小突かれた。痛い。痛いからやめてほしい。

振り返ると、逸流くんはしかめっつらをしていた。

「ああもう！　わかったから！　しょうがないから手伝ってあげる！」

4

「ふーん。で？」

ポストに届いた脅迫状を見せたあと。

わたしたちは東急百貨店の裏手にある純喫茶に来ていた。

吉祥寺駅の北側にあたるこの近辺は、輸入食品店や雑貨屋があつまるエリアだ。落ちついた佇まいの店先には、店主の個性が光る品が並んでいる。このあたりは小売店にかぎらず飲食店も充実していて、茶飲み話をするのにもってこいの喫茶店もいくつか見つかる。

なかでもここはわたしの密かなお気に入りだ。

看板メニューは特製豆のコーヒーとカレーのセット。クラシック音楽が穏やかに流れる店内は居心地もよく、つい長居を誘われる。逸流くんも隠れ家的名店がお気に召したようで、テーブル席に腰を下ろして寛いだ顔をしていた。

「で？　じゃないよ。こんなものが届いたんだよ。脅迫状だよ？」

「脅迫ってほどかな。ただのイタズラかもしれないでしょ」

「だとしても名指しだよ。犯人は住所も知ってる」

木蓮陶房の住所はホームページにも公開されている。

もし、わたしが更新しているブログがきっかけだとしたら責任もある。

「清姉さんには相談してないの」

「しない。金継ぎの依頼が立て込んでるし、集中してもらいたい」

大学で土器が割れたときも。高取さんが店にやってきたときも。清乃さんが解決に導いてくれた。そばで見守るくらいしか、わたしにはできなかった。

今回はできることはしてあげたい。

「だから清姉さんには秘密？　効率悪くない？　清姉さんって頭いいし、話したほうがいいんじゃないの」

「わかってる。わたしの独りよがりだし……まわり道上等なんだよ。たとえ、言えないことがあったとしても、わたしは清乃さんを信じてる。助けてもらった恩だってある。木蓮陶房に、清乃さんに、悪意をもってる相手がいるなら放っておけない」

「正義感強いよね。ま、清姉さんにすこやかでいてほしいのは同意」

逸流くんの目元には寂しげな影が落ちていた。彼は時折、どこか大人びた顔をするのだ。

黒壇のテーブルの上には、淡い照明が照りつけて、昼中の闇のなかに丸く小さな星をふたつ浮かび上がらせていた。手のひらに収まりそうなほどの青白い星々は、物言わず静かに隣り合っている。沈黙の間に慎重に深呼吸をして、そして思い切って尋ねた。

「逸流くんと清乃さんって……ほんとの家族みたいだよね」

「家族みたいか。いまは、そうなのかも」

歯切れが悪い言い方だった。

逸流くんはストローを前歯で噛んだまま、ふてくされたみたいに呟いた。

「清姉さんは僕の家族の、トクベツだから」

「逸流くんの家族？」

「そっか。麻冬さん知らないんだ。僕の名前は、信楽逸流《しがらきいずる》」

信楽。聞いたことがある。清乃さんのお師匠さんと同じ苗字だ。

「信楽悠仁。ってひとが、兄さんなんだけど」

歳の離れた兄だった、と逸流くんは言う。

家族特有の気やすさを超えて、兄である悠仁さんは弟を可愛がっていた。親が買ってあげないゲームをこっそりプレゼントしたり、ときにはバイクに乗せてツーリングに連れ出したり。弟はそんな兄からの親愛を重く受けとめつつ、心から慕っていた。仲の良い兄弟なのだろう。饒舌な話しぶりからは、幸福な思い出が優しく香る。

「兄さんって発想が突飛でさ。五年前、出張先の金沢から帰ってきたときに突然、清姉さんをうちに連れてきたんだ。いきなりでびっくりした。仙女をさらってきたんだ、って冗談っぽく自慢してたな」

初耳だ。

悠仁さんと清乃さんは金沢で意気投合したそうだ。

そして吉祥寺に店を開いた。それが現在まで続く木蓮陶房だという。当時、清乃さんは大学を卒業したばかりの二十二歳。悠仁さんは二十六歳だった。ふたりは恋仲だった。

逸流くんの口もとには、ゆるく微笑が結ばれていた。

「なんか嬉しそう……？　自慢のお兄さんなんだね？」

「ブラコン。世間一般の価値観でいうと、僕それだから」

堂々としたブラコン宣言に呆気にとられる。感想をしぼりだすのがやっとだ。

「意外……。逸流くんがだれかを大好きって言うの」

「故人だからね。どうあっても届かないし、いくらでも言ってもいいでしょ」

故人。お兄さんは、すでに亡くなっている。

逸流くんの言葉を聞き届けるなり、急転直下で心臓が冷えた。

「ごめん。お悔やみを……」

「いらない。おとなから同情の目で見られるの嫌いだ」

「そう、だったよね。……すごいね、逸流くん」

「兄さんがすごいだけ。僕、昔から学校嫌いでひとりでいたから。兄さんってさ、群れからはぐれた野良人間を見つけては捕獲して、懐であっためるのが上手かったんだよね。陽だまりみたいな、気づいたらみんなの居場所になってるような、強くて眩しい人だった」

悠仁さんは経営者であり陶芸家だった。

うつわづくりを共にしてきた作家仲間や、工芸品をあつかうギャラリーに声をかけて、人を巻き込みながら大きなことを成し遂げていく。その途中で、清乃さんと出会い、木蓮陶房という新たな夢を重ねた。

「博愛っていうか、執着するひとじゃなかったんだよね。だからこそ、清姉さんと一緒になってくれて、ほっとしたんだけど」

「聞いてもいいかな。悠仁さんって」

「事故だよ。バイクの転倒。でも、亡くなってから盲腸に病気を抱えてたってわかった。

働きづめだったし、無理……してたんじゃない」

鼻の奥がツンとした。コーヒーの酸味にあてられたせいじゃない。

逸流くんは、心を切り離したみたいに淡々と話し続けていた。

「大丈夫、大丈夫だ、って。兄さんの『大丈夫』は魔法の言葉だったから、僕は疑わなかったし、清姉さんもきっとそうだ」

「清乃さんは………」

「ずっと落ち込んでたよ。こっちが心配になるくらい。僕も、いやってほど後悔したけど、あのひとの壊れかたはひどかった。自分を放りだすみたいに閉じこもって、誰にも会わずに塞ぎ込んでいたから」

〈東芽清乃は大罪を犯した〉

脅迫状の意図はさだかじゃない。まだ何の意味もつかめていない。

清乃さんにもわたしの知らない過去があり、誰かと過ごしたなかで、ひととすれ違うこともあったかもしれない。

軽々しく語ることすらできない傷だって、あるのかも。

「わたし、なにも知らないんだなぁ………」

「麻冬さんはそれでいいんじゃない。清姉さんのこと、僕だってわからないことだらけだし」

逸流くんが知る範囲では、脅迫状を送るような相手は思い当たらないそうだ。

悠仁さんとの関係も、周囲の人々から理解も祝福もされていた印象だという。

そもそも、脅迫状の〈大罪〉と悠仁さんの件が結びついているかの確証もない。

収穫もなく、その日はお開きになった。


それからの八日間――。

プリンターで印刷したであろう文面は、寸分違わず同じだった。夕方にポストを調べると、連日必ず投函されていた。清乃さんには内密に回収できているが、犯人の足跡は掴めていない。捜査の進展はゼロだ。沸点の低いわたしは、すでに限界に達していた。

「この雲を掴むような流れ、なんなの⁉　連日こんなの許せるかぁあぁああ！」

「落ち着きなよ、麻冬さん。ここ喫茶店」

時刻は夕方五時を過ぎた頃。おなじみの純喫茶のテーブル席。

壁時計の針がコツコツと時を刻む物静かな空間に、お客さんはわたしと逸流くんだけ。

カウンターの奥には中年のマスターがひとり。急に怒声を発した女子大生のことは、見てみぬふりをしてくれていた。

「てかさ、その格好なに？」

「あ、これはね」

逸流くんが怪訝そうに見るのも無理もない。

わたしの普段着は見栄えよりも機能性重視だ。大学には目立たない格好で行くけど、スポーツメーカーのウィンドブレーカーやジョギング用のレギンスは、毎日着られるように常備していた。燃え残りは回収できたものの、半分ほどは火事で炭になった。

しばらくの間、足りない私服は清乃さんから貸りることになった。

木蓮陶房にいる間だけでも、ということだけど。今日は服を選んでもらったのだ。

「に、似合わないよねー……正直、恥ずかしい」

手触りがふんわりと柔らかい純白のブラウスに、カーキのタイトスカート。直線のシルエットが引き締まった格好だ。清乃さんが嬉々として「せっかくなので髪も！」と提案するので、朝からコテとドライヤーでセットしてもらった。美容師並に手際がいいので、あっという間にふわふわのカールが出来あがった。

鏡に映った毛先のハネはエネルギッシュな雰囲気だ。

「清姉さんホント身内にベタあまなんだから」

逸流くんはシャツにスラックスの制服姿だ。

暑がりなのかブレザーは着ていない。学校の登校日だから、と説明していた。

わたしの格好はそっけなく受け流してもらい、本題にもどる。

「で、例の脅迫状ね。平日は朝と夜、週末は終日しっかりと見張るようにしてたのに成果なし。当たり前かもだけど、郵便配達のひとが入れているわけではなさそうなんだよね」

「じゃあ犯人、透明人間だって言い出したりしないよね」

「まさか。わたし平日は九時から十八時まで大学にいるから。その間にポストに入れられたら、手も足も出ないよ」

「時間長くない？」

「あのね。大学生にはレポート課題というものがあるのだよ、逸流くん」

ちょうど中間課題がでる時期だ。犯人捜しに注力したいけど、そうもいかない。大学内のPC棟で頭を抱えねばりにねばってから帰宅するのが最近の日課だった。

慣れない頭脳労働でへとへとに疲れ果ててから、ポストを開けると例の脅迫状が目に飛び込むのが最近のサイクルだ。

「あのさ、根拠ないんだけど、ハナシ聞いたかんじ、清姉さん目当てってより……」

「ん、なに？」

「なんでもない」

逸流くんは口をすぼめてしまった。

テーブルにおいた脅迫文書を手にとってしげしげと眺めたあと、少年はふと思い出したようにまばたきをした。

「あれ。麻冬さん、おかしくない？　先週の日曜から八日間、届き続けてるんだよね。今日は月曜だから合計九枚になるはずじゃん」

「ああ、そこね。先週の水曜日だけは届いてなかった。脅迫状の配達も水曜休みだったみたい」

木蓮陶房の定休日ともかぶっている。

犯人は営業日をねらって投函しているのだろう。

「水曜だと雨が降った日だっけ。雨音、昼から夜までうるさかったな」

そうだ。清乃さんから雨傘を借りた日だ。学生寮の火災からこっち、借りをつくってばかりだから、食事はわたしが作ることにしている。

「ねえ。その水曜日さ。代わりに変なものが届いてたとか。その手の変化はなし？」

「ううん、カラだったよ。いつもならポストにダイレクトメールとかチラシとか広報冊子とか、なにかしら届くんだけどね。あの日は清乃さんもポストは開けてないみたいで……ずっと金継ぎに没頭してる日だったから……休めばいいのに……あのひとはもう……。それがどうかしたの？」

「なんか引っかかるなって。不審者の目撃証言もないんでしょ。店番中のスタッフがいても怪しまれずに木蓮陶房に近づけて、雨の日は休みで、毎日律儀に届けられる……って犯人何者？」

逸流くんの疑問はもっともだ。

疑いたくないけど、毎日届ける手間だけを考えるなら近所の人の仕業かもしれない。仮にそうだとして、候補を絞りこむのは骨が折れそうだ。商店街があり住宅地がある吉祥寺に、どれだけの店舗があり、どれだけの住民が住んでいるのだろう。

ひとつだけヒントがあるとすれば。

「そうだ。昨日、ポスト開けたらすぐ下にこんなものが落ちてた」

ポケットから拾得物をだしてテーブルに置く。

〈ラーメン　日村屋〉発行のサービス券だ。

中央線沿いはラーメンの激戦区である。

吉祥寺近辺も例外ではなく、関東風のあっさり王道の醤油スープから、こってりとした味噌味まで、それはもうバラエティ豊かなラーメン店がそろっている。〈ラーメン　日村屋〉は地元の人々に愛される格安ラーメン店で、わたしも運動のあとにお邪魔したことがある。

「一応、手がかりかもと思って。つかわずにとっておいたんだ」

「この件、駐車券って書いてある」

「提携の駐車場もしくは駐輪場にもっていくと、料金無料になるんだって。お店で千円以上の注文するともらえるよ」

サービス券の隅には黒ずんだタイヤ跡がついていた。

しん、と店内が静まりかえる。

会話が途切れると、壁時計の針がコツコツと時を刻む音がうるさくて、いたたまれない。

「なんかさ……犯人像、謎だよね。麻冬さん、さっきの条件に当てはまりそうな人で思いつかない？」

逸流くんが丸い目を見開く。

猫背ぎみな少年が、前のめりになりながらこちらを見上げてくるのに、期待に応えられる気がせず、店頭のガラス戸の向こうへ視線を投げて逃げる。

と、全身スポーツウェアで固めた男性が、ジョギングしながら走り去っていくのが目についた。

その瞬間——ひらめきが降りてきた。

「そうだ。ポスティングは？　ポスティングっていうのはチラシ配りの専門業者で」

大学一年の頃、身体を動かせるアルバイトを探した時に、求人広告を見たことがある。

住宅地をまわってチラシを一枚ずつ配布していく仕事があると知って、都会にはいろんな働き方があるものだと驚いた。わたしの地元では、郵便局か新聞販売店くらいでしか、配達員の募集はなかったから。

ポスティングをする人は業者と契約して仕事を請け負う。

報酬は完全歩合制で一日に約千枚ほどは配るらしい。

そして、雨の日はチラシが濡れるから、ポストへの配布は禁止されている。チラシによっては水溶性のインクを使っているためだ。

配達バイトならジョギングしながら働けるから、大学でも肉体労働好きを中心に人気がある。ポスティングのバイトなら講義とも両立できそうだ。犯人は学生かもしれない。

逸流くんがにやりと笑う。

「やるじゃん。良い線いってそう」

「勘だし確証薄いよ。間違ってたら迷惑どころの話じゃない」

「裏とればいいよ。勝てそうな作戦思いついたから、待ってて」

逸流くんはスマホを操作しはじめた。

戦場の狙撃手のように鬼気迫る表情をして高速で液晶画面をタップしはじめる。こっそりのぞき込むと、メッセージアプリで何人かと連絡をとりあってるのがわかった。

ややあってから。逸流くんはふう、と一息ついた。

「これでよし」

「な、なに？　清乃さんが怒るようなことしてたら、見過ごせないんだけど」

「へーキへーキ。ま、見ててよ。僕こう見えて人気者だから」

煙にまかれたようで、納得いかない。

カップに残ったコーヒーを飲んでいたら、逸流くんは退屈そうにメニュー表をめくりはじめた。ソーダ水がなみなみ注がれていたグラスはとっくに空になっている。

夕食前の魔の時間帯だ。育ち盛りの少年から静かな訴えを受けて、スイーツを奢ってあげることにする。逸流くんは嬉々として、ホイップクリームがのったレモンケーキを注文していた。じつは甘味も好物らしく、いつになく頬が緩んでいる。

「ごちそーさま。ケーキは成功報酬として受けとってあげるよ」

なんだか不安だ。……ほんとうに大丈夫かな？

5

週末。土曜日がきて夕方。

「麻冬さん。こっちは大丈夫。木蓮陶房のポストにまだチラシは届いてない」

受話器越しの低音が鼓膜に響く。

逸流くんの声を聞きながら、吉祥寺駅近くの自転車パーキングの出入り口にいた。

個性豊かなお店が待ち受ける吉祥寺へ、自転車に乗って訪れる買い物客は多い。そのせいか、この街には長らく放置自転車に悩まされてきた歴史がある。こうした地域の課題を解消するために、駅近隣にはいくつもの駐輪場が整備されることになった。

そして今――。わたしはフードを被った痩せぎすの男を、目で追っている。

「了解。あたりだったね。犯人が自転車移動って推理。……じゃあいちど電話切るね」

「麻冬さん、くれぐれも気をつけてよね」

逸流くんの声をしかと受け止めて、通話を切る。

手がかりはサービス券についた細いタイヤ跡だ。

犯人の配達員が〈ラーメン　日村屋〉で食事をすると見込んで、付近の駐輪場を調べ上げた。

先回りして、罠をしかけることにしたのだ。

逸流くんいわく「犯人が確実に見ているものに仕掛ければいいんだよ」とのこと。

彼の立てた作戦は、吉祥寺の商店街組合を巻き込んだ大掛かりなものだった。

パーキングにある精算機の横に、張り紙を貼らせてもらう。内容は「高収入ポスティングバイトの募集」だ。募集元への問い合わせ方法は、電話のみ。

ただし、張り紙に記載されている電話番号はパーキングごとに変える。たとえば、南駐輪場で張り紙をみたら〈朧月夜〉に繋がり、北駐輪場で張り紙をみたら〈日村屋〉につながる。ほかにも吉祥寺の個人店に協力してもらうことになった。逸流くんは商店街組合のおばさんたちに顔がきくようで「人気者」の自称はあながち嘘ではなかった。

作戦を実行にうつしてから、三日後——。

犯人とおぼしき人物から電話がかかったのは、幸運にも〈朧月夜〉だった。逸流くんの狙いは的をいていたようで、犯人はより割の良いアルバイトに食いついた。大将さんの協力もあり、犯人の名前と顔、ふだんから出入りしている駐輪場の場所までは特定できた。

そこからはわたしの出番だ。

犯人が現れるまで〈日村屋〉近くのパーキングで張り込みをすることにした。

講義を自主休講して、朝から粘りにねばること八時間——夕方に差し掛かった時間帯に、ついに犯人は現れた。

ママチャリのカゴにはスポーツバッグと、未配達のチラシが入った透明な袋が置かれていた。

スマホは通話中のままにしてポケットに収める。

背後から、声をかける。

「安本《やすもと》さん、ですよね」

名前を呼ぶと、フードを目深に被った男性——安本さんはこちらを振り返った。

「な、なんですか。なにか用ですか」

低くしゃがれた声で、ぼそぼそと喋った。言い逃れをするつもりだろうか。

こちらには〈朧月夜〉の大将さんから受け取った情報があるのだ。履歴書に貼ってあったプロフィール写真も手に入れている。

半分に折り畳んでいた脅迫状を開いて見せる。

「いきなりですが、このチラシに見覚えは？」

「あ、ありません」

「わたし、木蓮陶房という店で働いているものです。このチラシが、ポストに入っていたんです。それも連日。安本さんは業者から依頼を受けて、吉祥寺駅近隣エリアのポスティングを請け負っているそうですね」

「ポスティングのバイトはしてますけど……。見覚えないですよ、そんなチラシ」

「これから配達ですよね。そのチラシの入った袋を確認させてください。何もなければ、引き下がりますから」

　安本さんは渋面をつくった。

　しぶしぶというように、透明な袋を手渡してくる。

「……どうぞ」

　チラシの束をめくっていく。

　本日分の配達がこれからなら、ここにチラシが入っているはずだ。

　目を凝らして脅迫状を探す。一枚ずつ着実にめくる。

　最後の一枚まで探してわかったのは、意外な真実だった。

「えっ。ない………？」

「満足ですか。じゃあ、仕事あるんで行きます」

ため息。そして呆れ返った顔。

安本さんはパーキングから自転車を出して、走り去っていった。

呆然とするしかなかった。立ち尽くしてぼうっとしてようやく理解が追いついてきて、頭の中が羞恥心でいっぱいになる。

間違ってた！　またひとりで突っ走ってたんだ……！

目の前がまっくらになるのを感じながら、とぼとぼと歩く。

推理は的外れで作戦は失敗だった。

こうなったらもう、振り出しにもどるしかない。頭を冷やしてからもう一度考え直そう。

悄然としていたら、通行人と肩口がぶつかった。

とっさに頭を下げて謝る。

「あっ……すみません！」

顔をあげると、背の高い男性がそこにいた。

紺青のビジネススーツに身を包んだ彼は、帰宅途中のビジネスマンだろうか。

ツーブロックの髪型が爽やかな印象を引き立てている一方で、ウェリントンフレームの眼鏡が気難しそうな顔立ちを演出していた。よくみると、眼鏡じゃなくてサングラスだ。琥珀色のレンズが瞳の表情を隠している。

ぶつかった拍子に、エキゾチックな香りが鼻をかすめた。たぶん男性用の香水だ。なんだか、雰囲気のある人だから、身に纏う空気すら頭の痺れを呼び覚ます。

街灯の光に照らされた髪は、きれいなダークブロンドだった。

「大丈夫?」

「どうも……平気です……不注意でした、本当にすみません」

「そう気を落とすなよ。考えに考え抜いた結論の的が外れる事なんて、珍しくもない。どいつもこいつも自分の正義を盲信してるだけなんだから」

「……え? な、なんですか」

一方的にまくしたてられた。

驚いて半歩、あとずさる。男はこちらの反応を気にもとめていない。

「いいもの見せてもらったよ。安本が吉祥寺近隣でポスティングバイトをしてるところまで特定したのは見事だった。だが、そちらの動きを察知して、こちらがどう動くかまで読めてない。商店街を巻き込むのは、やりすぎだ。関わる人間が増えれば、それだけ話は漏れやすくなる。……悪いが、下請けの安本には外れてもらったよ。無害な学生を巻き込むのは気がひける」

「下請け? あの、さっきから、なにを……」

言っているんですか。言葉尻を発するよりも先に、男の早口に遮られる。

「駒。手先。金銭のみの利害関係者、といえばわかりやすいか? 君が捜してるのは脅迫状の差出人だろ、花岬麻冬」

　どきりと心臓が跳ねた。

　脳裡でようやく言葉の意味が結ばれる。

　理解が追いついて、本能が恐怖を感じとった。

　この人は、木蓮陶房に届いた脅迫状について知っている。いや、知っているどころか、送りつけた張本人だ。ポスティングバイトをしていた安本さんは、彼が雇った下請けだった。

　謎の男は、にやりと不気味な笑いを浮かべて話す。

「どうも、はじめまして。差出人の阿太刀宰人《あだちすずと》だ。脅迫文書はヒマ潰しで、本職は美術商――ギャラリストをやってる」

　わからない。なにひとつ、わからない。

　この人がわたしに向かって自己紹介をする意図も。

　この人が木蓮陶房に脅迫状を送った理由も。

〈棗芽清乃は大罪を犯した〉という脅迫文の真意も。

「どうしてわたしの名前を？」

「棗芽清乃から聞いた、と言ったら？」

　質問に質問で返された。

なんとなく、鼻につく物言いをする人だ。それに清乃さんの名前を出すのは卑怯だ。ウィンドブレーカーのポケットに手を当てる。と、男は顔をしかめた。

「おっと。スマホで連絡とろうなんて考えるなよ。ベイカーストリートイレギュラーズならぬ井の頭通りイレギュラーズがついてるようだが、不都合だ」

行動を先読みされているのが、気持ち悪かった。

試合で嫌な相手にあたったときにも負けない緊張が走る。

せめて、相手を睨みつける。が、男はむしろますます口の端を吊り上げた。

それからわたしの腕を引いて、耳元で悪魔みたいに恐ろしい言葉を告げた。

「取引しないか、花岬麻冬。報酬は——君の知らない木蓮陶房の秘密だよ」

6

待ち合わせは六本木。摩天楼のふもと、クモのオブジェの真下。

これほど憂鬱な朝は東京にきてから初めてだ。探しあぐねた相手を見つけたら、肺いっぱいに空気を吸い込んで一息に吐き出す。

「おはようございます、阿太刀さん」

「ずいぶんと早いな、花岬麻冬」

フルネーム呼びを改めるつもりはないらしい。

阿太刀さんはひとりで待ちかまえていた。手首にはシルバーの腕時計、昨日と同じ紺色のビジネススーツ。挨拶すると、新書本を閉じて笑みを浮かべてみせる。風采は良いが、ともすればヤのつく自由業のお兄さんっぽい彼は、ふしぎとビジネス街に溶け込んでいた。

一方――。

わたしはというと、着慣れないパンツスーツに身を包んで手に汗をかいている。ビジネスフォーマルは入学式で着た黒スーツしか持ち合わせがなかったからだ。

なぜ、阿太刀さんと、六本木で待ち合わせをしているのか。

正直、一分一秒でも早く立ち去りたい。この場から逃げて誰かを呼びたい。だが、阿太刀さんが取引の詳細を話し合う場所として指定したのは、六本木だったのだ。ひとりでくるように、とも念を押された。

あぶない人だと思う。計算高い相手だから、油断もできない。

だけど「君が話し合いに応じてくれるなら、棗芽清乃に危害は加えない」と提示されたら、行かない選択肢はなかった。

「指定されたとおり、ビジネスフォーマルで来ましたけど。……これからどこに向かわされるんですか」

「ああ、悪いな。わざわざ六本木まで来てもらって。現物みせたほうが、説明が早そうだったから」

「現物?」

「連れていく。早足で歩けよ」

阿太刀さんは、六本木駅に背を向けて歩きはじめた。

かなり足が速い。わたしの歩幅に合わせる気は毛頭ないらしく、すいすいと混雑を避けて直進していく。迷う素振りもなく、八分後には目的地に着いていた。

たどり着いたのは、ガラス張りの巨大な城塞だった。

都会のまんなかにどっしりと建つその建物は美術館だそうだ。近づくとさらに大きい。

空からふりそそぐ日光を受けて、外壁を覆うガラスがラムネ色に透き通る。

ぽけっと見上げていると、近未来にタイムスリップしたかのような感覚が襲ってきた。

なんだろう、これ。

未来人にさらわれた原始人って、こんな気分だろうか。

わたしの反応は気にも留めず、阿太刀さんはスタスタと入り口を通過していく。慌てて追いかけると、受付で名刺を出していた。

「ツグミ画廊の阿太刀です」

そして背後を指差し「こちらはインターン生」との紹介。

たぶん、わたしのことだろう。

状況が飲み込めずにいるうちに、白い布手袋を渡された。有無をいわさず展示室へと通される。

美術館の展示室は、抜けるように天井が高かった。

漂白されたように白い壁と壁の間には、ショーケースがいくつも並んでいる。高価な宝石をあつかう宝飾店で見るような、透明なガラスの天板がついた箱だ。覗きこむと、中身は空だった。

「まだ会期が始まる前だからな。業者が出入りして、展示替えをしてるんだよ」

あたりを見渡すと、どこもかしこも未完成だった。

入り口の掲示だけは完成まぎわのようで、大判のポスターが壁一面を覆っていた。展示会のタイトルは「漆芸の技と美意識展－ジャパン－」。ダイナミックな筆題字が躍っている。

「今回の展示は、うちの画廊も一枚噛んでてね。上客のコレクターから借りうけられるよう根回しさせてもらった。おかげでこうして融通もきくわけだ」

「はあ……。阿太刀さんが、美術品を扱うビジネスをしているってことは、伝わりました。それと脅迫状に何の関係があるんですか」

「花岬麻冬、アートビジネスの世界に興味は？」

一瞬、家族の顔が頭をよぎった。花岬一家はアーティストの家系だ。

「ないです」

「そうか。君がどうあれ、俺はおおいにあるね。おのれの職分として定め、どんな美にも値をつける。美術商としての矜持だ」

矜持。語りつづける阿太刀さんは、撫然としていた。

「ツグミ画廊は長く日本画専門の画商だったんだが……残念ながら、世界のアートマーケットで日本人画家の評価は盤石とはいいがたい。そこで工芸品にも裾野を広げたんだ。これが当たった。うちでは、陶磁器と漆芸品をコレクター向けに売っている」

国内外にいる、顧客相手に。

阿太刀さんはそう告げた。

口ぶりからして、羽振りはいいのだろう。

億がつく大金が動くのが美術品の世界だ。そして美とは権力とも結びつく。ときには美を愛でるため。ときには相続対策や資産形成のため。世界の名だたる実業家は、こぞって美術品をコレクションする。

さまよう亡者のように、美術商は美しさをかき集め、値をつけ、彼らへ売り渡す。

「欧米では、中国をチャイナと呼ぶだろう。英語では陶磁器をチャイナ・ウェアとも呼び習わす。西洋の目はずっと、アジアの国を代表する文化に向けられていた。陸の果ての国々に根ざした伝統に、はじめて東洋の美意識をみたときから、その国に根ざした特産品を国の名で呼ぶんだ」

「磁器って中国が発祥でしたよね。となると、日本の英語表記であるジャパンって……」

「漆だ。日本でつくられた、漆塗りの工芸品のことを指してる」

予想的中。

ジャパンは漆工芸。

阿太刀さんいわく、その代表例は漆器だ。それも普段づかいのものではなく、きらびやかな装飾がほどこされた美術品としての漆器。

「漆器、そして漆芸は、かのマリー・アントワネット王妃が好んで溺愛したときから、世界を魅了し続けている。漆黒――天然のウルシブラックを真似て、いくつも模倣品をつくるほどに。海の向こうでは、それほどの衝撃だったんだろう。極東の島国の繊細な手仕事ってものが。そして漆に心惹かれたＤＮＡは連綿と受け継がれ、こんにちも海外セレブたちのおかげで日本のアート経済はうるおう」

国と国、人と人との間で交わされるモノとマネーの交換。美術商はその間に立つ仕事だ。そして、取引をくりかえしながら、価値を生み出す。

通路をぬける。話しながら歩く間に奥へと進んでいたようだ。淡い照明が灯る小部屋には、目玉展示がひとつだけ待ち構えていた。

ショーケースの正面。

阿太刀さんは、芝居がかった仕草で両手を広げてみせた。

「さあ、ご紹介を。こちらは我が国が誇る漆芸作品の最高峰——」

〈睡蓮之図螺鈿箱《すいれんのずらでんばこ》〉。

漆黒。漆で塗られた艶めく重箱に、睡蓮の花が浮かびあがっている。光の加減で翠にも青にも変わる、妖しくも美しい輝き。重箱に花を描くのは夜光貝の薄い破片だ。けずりとり、重ねて、研磨して深みのある光沢を生み出す。漆に施された加飾の技法は〈螺鈿〉。気が遠くなるほど繊細な職人技の逸品だ。

「……綺麗」

「匠のわざだよ。二十代の女性職人が手がけた品だ」

「へえ。若手の職人さんなんだ。清乃さんみたいですね」

「鋭いな。……本人だよ。それは棗芽清乃が三年前に手がけた品だ」

貝や鼈甲による螺鈿や、金銀箔をつかった蒔絵。そうした漆の装飾をもちいた作品づくりをする作り手を、漆芸作家という。

と、阿太刀さんは説明した。

「清乃さんが……?」

衝撃を受けながらも、しっくりと腑に落ちていた。

繊細な手仕事に、熱心な職人の顔。漆をあつかう手。作られたものへ向けるひたむきさ。

むしろ納得できる。

「ひとりの漆芸作家として、俺は棗芽清乃を見込んでいた。彼女がてがけた漆芸品はうちで商い、専属作家として契約を交わしてもいた。三年前、彼女は一方的にそれを破棄して、うちの画廊が買いとった品を盗んで消えた。……それが、棗芽清乃が犯した大罪だ」

阿太刀さんは重々しく言い放った。

清乃さんがツグミ画廊から商品を盗んだ。阿太刀さんはそういうけど――。

「昨日会ったばかりの、あなたの言葉を信じろと？」

「信じてほしいね。俺が探しているのは、信楽悠仁の遺作だ。……なあ、花岬麻冬。これが取引の内容だよ。君に、消えた遺作探しを手伝ってもらいたい」

「そんなこと、できるわけ……」

「君は棗芽清乃の近くにいて、あまつさえ今は木蓮陶房に居候の身だ。彼女に見つからないように、遺作を見つけだし、俺に連絡さえくれればいい。もし、協力できないっていうなら……」

阿太刀さんは底意地の悪い笑みを浮かべていた。

手段は問わない、そう言いたいのだろう。

「そんなの、取引じゃないですよ。脅しっていうんです」

「盗みへの報復だ。正当性はこっちにある」

「仮に盗難が本当としても……理解できないです。阿太刀さんが、わたしを巻き込んで、清乃さんに隠れて、悠仁さんの遺作を狙うのって、何のためですか……なにか、理由があるんですよね。納得ができないかぎり、歩み寄れません」

言い返すと、冷ややかなまなざしを返される。

「本当に甘いな、花岬麻冬。もう一度言う。……俺は美術商《ギャラリスト》だ。おのれの職分として定め、どんな美にも値をつける」

ふ、と吐息が落ちて、美術商を名乗る男はあっけからんとして告げた。

「信楽悠仁は近年注目の陶芸家だよ。とりわけ、三年前に亡くなってからはな。陶芸に人生を注いだ男が、存命中、最後に手がけたいわくつきの品ともなれば、高値がつく」

「そんなことのために……！」

「君の言うそんなことが、俺には正義だ」

「認められません」

「困ったな。これでも平和主義者のつもりなんだが。芸術のためとはいえ、無用で無粋な争いは避けたいが……」

言外に危険な気配を感じとる。そういえば、展示室にはわたしと阿太刀さんの他には誰も出入りしていない。都会の片隅で、女子大生の失踪事件なんてめずらしくもない。

抵抗するなと言い渡され、額に拳銃でも突きつけられている気分だった。

阿太刀さんは神経を逆撫でする物言いをしながら、凄みのあるまなざしでこちらを威圧してくる。

唇を噛む。のどから声を、しぼりだす。

「……………わかりました」

胸中に穴でも空いたみたいに、心臓がすうっと冷たくなっていく。熱くなっていい場面じゃない。大丈夫。大丈夫だ。仕事が立て込んでいる清乃さんに無用な心配をかけたいわけじゃない。

このくらい、わたしひとりで飲み込める。

「取引に、応じます。……いいですよ。なりますよ、阿太刀さんの駒とやらに」

腹を据えて決意を告げる。

そうすれば、ぜんぶ丸くおさまるのだから。

7

阿太刀さんいわく——。

ツグミ画廊から盗まれた品は、花瓶だそうだ。

作品タイトルは〈白夜の漣《さざなみ》〉。

陶芸家・信楽悠仁の遺作であり、一点ものの陶器。土の風合いを残した表面に薄く釉薬がかかった、おおらかでありながら気品もただよう深緑のうつわ。

資料としてもらった写真には、渚の波を縦に割ったような花瓶が映っていた。

雄大な太平洋を思わせる流線形。作り手である悠仁さんの人柄をも感じられるような、大きく優しいたたずまいのうつわだった。

「これを探せばいいんですね」

写真を見つめながら、確かめる。

探すべき場所は木蓮陶房の一階と二階。ほかに隠し収納があればそこも探す。阿太刀さんの調べによると、清乃さんは横浜の実家には滅多に帰らないそうだ。

遺作が隠されているとすれば、吉祥寺の住まいだろうとのこと。

阿太刀さんから「先払い」として渡されたホイップたっぷりのアイスカフェラテを飲み干す。休館中でも、美術館に併設のカフェは営業していたのだ。

ゴミ捨て場に向かおうと席を立つ。

と、阿太刀さんがしげしげとわたしを見上げる。

「飲み込みが早いな。……見込みどおりだ」

「見込み？」

「なんのために手の込んだ脅迫状を送ったと思ってるんだ。悪戯だと思われ破り捨てられる可能性もあったが……お人好しの馬鹿なら見過ごさないだろう、と見込んだからだよ、花岬麻冬」

　かちん、ときた。本当に神経を逆撫でするのがうまい。

「あーそーですか！　阿太刀さんみたいな悪知恵まわりませんので！」

「いや……いまのは口さがないにも程があったか。馬鹿は言いすぎたな。悪かった。ひたむきに、裏もなく、無垢に他者を愛し信じる善良さ。そういうのは俺にない美点だよ」

　高慢な物言いはどこへやら、阿太刀さんがしおらしくつぶやくのが、なんだか不思議でならなかった。

「信楽悠仁も、そういう男だった」


　帰宅してからも、阿太刀さんのいやな笑みが頭から離れず、ずっと悶々としていた。二日連続で大学の講義を休んだ罪悪感もある。

　夕食の用意を手早くすませたころ、清乃さんが二階へ上がってきた。

「あら？　麻冬さん、今日はスーツなんですね。大学のほうで進路ガイダンスでもありましたか？」

「ちがいま……ああー！　そう、そうなんです……！」

　阿太刀さんと六本木で会った話はできない。

いやだな。ここのところ隠し事ばかりが増えている。

清乃さんも工房にこもりがちな日が続いているので、夕食をお盆にのせて運びこむのももはや日常になっていた。今日はめずらしく、食卓にふたりそろっていた。

「来年には就職活動も本格的にはじまりますよね」

「そうだ……言えてなかったんですけど、わたし、一般企業の総合職狙いで。食品メーカーとか、とにかく生活に関わる仕事がいいかなって、なんとなく」

「麻冬さんらしい、堅実で良い進路ですね」

「はは……考えきれてないだけ、かも。Uターンして地元で働くか、東京で仕事先を探すかも、まだあんまり確信がなくて。一年後には就活するのに、ダメですね」

優柔不断。阿太刀さんとの取引を断れなかったのも、判断に迷ったせいだ。

「選択で迷うのは、それだけあなたの視野が広いからですよ。たくさん悩んで迷っても、大丈夫です。麻冬さんが納得のいくまで、どうぞ時間をかけて」

「時間をかける、か。……なんだか、金継ぎみたい」

工房の様子が頭に浮かぶ。

「そうだ！　工房で預かってる急須ってどうなりました？」

「〈欠け〉の修繕ですか？　あちらはじつは、難しい繕いで。作業が滞っているんです。今夜も遅くまで工房にいることになるかもしれません」

そっか。清乃さんにも、難しいことはあるんだ。

「了解です。あとで夜食もって行きますね」

「ありがとうございます。頂きますね」

「でもでもっ。コンつめすぎちゃダメですよ！」

「はい、気をつけます。……夢を終わらせないこと。それが、私にできる最善ですから」

清乃さんは工房に戻っていった。

居間でひとり。皿洗いを終えてからは、夜の時間をまったりと過ごすことにしている。

とはいえ、今は早急にやるべきことがある。通学鞄に入れっぱなしだった二枚の写真をとり出して見比べる。

清乃さんと悠仁さんが映った写真。

悠仁さんの遺作とされる花瓶の写真。

訊いてもいいのかな。三年前のこと。悠仁さんのこと。五年前、木蓮陶房をオープンしたときのこと。腫れ物に触るような会話しかできない自分がもどかしくて、重たい頭をおろすようにテーブルに突っ伏す。

「あーもう！　らしくないぞ、花岬麻冬！」

パン、と頬を叩いて立ち上がる。

迷っている暇があるなら手を動かそう。

取引に応じたとはいえ、阿太刀さんの忠実な駒になったつもりはない。

知りたいのは真実だ。

清乃さんは本当にツグミ画廊から花瓶を盗んだのか。もし盗難が事実なら、何か理由があったんじゃないか。それを確かめたい。

一週間ほどこの家で過ごしてみて、清乃さんが私物をおくのは木蓮陶房の二階だとわかっていた。

仕事とプライベートはきっちり分ける派というか、このあたりは防犯上の理由もあるだろう。

そしてリビングと水場のほかに居室はふたつのみ。

隠し場所として考えられるのは、清乃さんの私室だ。

服を選ぶときにお邪魔したことはある。鍵のかからない洋室だ。

きょろきょろとあたりを見まわす。清乃さんに目撃されるわけにはいかない。居候の身で、家主の私室を勝手に暴くなんて最低だ。家に置いてもらっているだけで大恩があるのに、仇で返すようなことがあってはいけない。

内密にやる。本棚の裏とクローゼットの中を見るだけ。

深呼吸して、扉のノブに手をかける。と。

「麻冬さん？」

「どひゃあ！」

名前を呼ばれた。早鐘をうつ心臓を大急ぎでなだめる。振り返ると、清乃さんが立っていた。二階に飲み物をとりにきたのだとか。

「どうかされましたか？　そちらは私の部屋ですが……」

「えええええっっと」

やばい。やばい。どうしよう。

とっさに嘘をつくのは苦手だ。気持ちが顔にでるタイプだってことも自覚してる。

「あっ！　ひょっとして着替えの用意がもうなくなっていましたか？　待ってくださいね。麻冬さんに着せたい服があるのでクローゼットからすぐに出しま」

「清乃さん？　着せ替え人形扱い楽しんでますね……？」

拍子抜けしてしまう。

清乃さんは良い人だ。これほど優しい手の持ち主をほかに知らない。

この人に余計な心配はかけたくなくて、黙ってやり過ごそうとした。

でも、やっぱり、こんなの不誠実だ。

「清乃さん。わたし、知りたいことがあるんです」

姿勢を正す。まっすぐに清乃さんを見据える。

逃げずに伝えるために。

「逸流くんから聞きました。それから……あなたを知ってる阿太刀さんという人からも。木蓮陶房のこと。三年前のこと。……信楽悠仁さんのこと。わたしが借りてる部屋って、きっと悠仁さんのお部屋ですよね」

部屋で見つけた一葉の写真。

木蓮陶房の店先で睦まじく微笑んでいた、清乃さんと悠仁さん。

背景には開店祝いのフラワースタンド。

お祝いに駆けつけたと思しき人々はみんな笑顔で。

その中には、阿太刀さんもいた。

あのときの写真ではみんな幸せそうだったのに。どうして阿太刀さんは、清乃さんが遺作を盗んだなんていったのだろう。

「教えてください。三年前に、悠仁さんが亡くなってからのこと」

どうして、清乃さんは、何も言ってくれないんだろう。

逸流くんと脅迫状対策を講じながら。阿太刀さんから盗難について聞きながら。胸に巣くった不安の獣はどんどん暴れて、手に負えないくらいに重く大きく育っていった。

どれも伝聞だと突っぱねながら、本心では信じたいひとを疑ってる。

頭には卑しい考えばかり浮かぶ。

清乃さんの瞳が憂いにかげる。やがてまぶたを開けて、きっぱりと告げた。

「それは……申し訳ありません。答えられません」

「……やっぱり。相手がわたしだから、ですか」

「……え？」

じくり。内側から抉れるみたいな、にぶい痛みが胸に走った。

考えるよりも先に、口が勝手に開く。

「清乃さんって、優しいですよね。宿に困ってたら家に招いてくれて、服も貸してくれて、いつも大丈夫って言ってくれる」

声がうわずって。喉の奥が焼けるように熱い。

「それって、同情ですか？　そうやって、いつも人当たりよくて、だれに対しても一線を引いて、自分の気持ちは押しつけない。公平な天秤みたいに残酷なくらい正しい」

一言。一言。叫ぶごとに自分を嫌いになっていく。

なのに、堰き止められなかった。

「正しすぎて、優しすぎるから、わたしいつも……清乃さんの顔が見えなくなる」

せめて目を逸らさずにいようとした決意は、とっくに崩れていた。清乃さんの表情におびえが浮かんだから。自分がそうさせているのを直視できず、それでも一度火がついた心は炭になるまで燃え続けて、思考を言葉をどんどん鋭利にしていく。頭の芯がズキズキと痛い。あんまり痛いから、叫ぶしかない。

最後には、息絶える間際の喘鳴にも似た嘆きが残った。

「……わかりたいって気持ち、バッサリ捨てられてるみたいで、辛いんです」

顔をあげると視界がぐらついた。

あれ。なんだか暗いな。電気ついてないのかな。そう思うと同時に足元が揺れて――。

倒れ込む。

「麻冬さん……！」清乃さんが叫ぶ。とっさに大丈夫とは返せず、気づくとその場に脱力していた。

8

なにもかもが億劫な夜がきた。

廊下で倒れたあと――。そのまま清乃さんの私室におしこめられ、安静にするようにときつく言われた。

体温計がたたきだした数値は三十八度。熱があった。風邪の症状だ。

元気とスタミナだけが取り柄なのに、熱が下がらなくて焦った。

自転車パーキングで張り込んだり、謎の美術商に振り回されたり、連日緊張しっぱなしだったのが祟ったようだ。

暗い部屋で死体のようにベッドに横になっていたら、後悔ばかりが押し寄せてきて、心はますます落ち込んでいった。

だめだ。情けない。どうしようもないしほんとばか。

罪状は、気持ちの押し売り。

誰にだって話したくないことはあるはずじゃないか。自分が心を砕いたのと同じ分を相手が返してくれないからって、足りないって無心するなんて子供みたいだし、求めすぎだ。もらいすぎてるくらいなのに。

寝返りをうつ。と、ノックの音がした。扉の向こうからだ。

「麻冬さん」

清乃さんだ。顔を合わせるのは気まずいからか、扉が開く気配はない。

「飲み水はまだ……残ってますよね。すみません、何かしたい、と思うのは、私の傲慢ですよね」

「ちがっ……！」

傲慢なのはわたしだ。

否定しようとしたのに喉元に声がつかえた。熱だけではなく、喉風邪も併発してるかもしれない。

ふと、夜のしじまが寝室にしんと染みる。

電気を消した部屋は暗く、窓辺に置かれた観葉植物の寝息が聞こえてきそうなほどに静まりかえっている。

沈黙を破ったのは、清乃さんだった。

「麻冬さん。言い訳がましいかもしれませんが、私の話を聞いてくれますか」

頷く。が、扉越しでは伝わらない。

どうすればいいか思案してから、そろりとベッドから降りる。

扉の前へ。顔をみて話すにはまだ抵抗があったから、部屋の内側からコツンとノックを返す。すると、優しい吐息が落ちる気配がした。

清乃さんは、一言一句を噛み締めるようにして、話しはじめた。

「私ね、小心者なんです。麻冬さんが思うより、ずっと小狡くて嫌な人間なんですよ。……貴女が私にまっすぐに向かってくれるから、失望されない私でいるために、小さなことに腐心して。最初は見栄だって張りました」

声が途切れる。相槌の代わりに指の骨で扉をうつ。

――コン。

「棗芽清乃、という名前も……。漆芸家としての名前なんです。籍を入れていましたから、信楽清乃が私の本名。…………こんなこと、もっと早く言うべきでしたね。…………相手が貴女だから、迷ってしまったみたい」

——コン。ノックを返す。

「貴女はいつも、なにに対しても全力で。だれかのために悲しんで。……目が離せなくて。優しくしたい、って思えるひと。そんな人とずいぶん出会っていなかったから、私、何かしてあげたい一心ばかりで」

——コン。……コンコン。

「でも、それが貴女への軽視になっていたなら……非礼をお詫びさせてください。貴女を尊重できていませんでした。…………結局いつも、大切なものを扱う心が足りなくて、指の間から落としてる」

貴女がすごいひとだって、最初から知っていたのに、ひどい話ですね。

扉の向こう、清乃さんが自嘲するのがわかった。

ノックを返すのをためらう。

いつも凛として落ち着いた清乃さんの声音がうわずっていたから。

「三年前も……。悠仁さんがバイクから転倒して、葬儀があって、逸流さんがずっと悲しそうにしゃくりあげていて。でも私…………最後まで泣けなかった」

言葉の途切れ間には、探るような迷いがあった。

「……夢を終わらせないでくれ、それが悠仁さんの遺言でした。その言葉を守らなきゃ、守らなきゃ、ってずっと思い詰めるうちに、急に糸が切れたみたいに動けなくなって。そのとき初めて、自分の一部がごっそりと欠けていることに気づいたんです」

だれの言葉も受け止められず、どんな出来事も心に響かず、壊れたままただ漠然と生きる日々。

悠仁さんの葬儀を終えて木蓮陶房を引き継ぐことを決めながらも、心も身体もついてこなかった。そのころは暗い部屋に閉じこもり、手仕事に没頭しながら過ごしていたという。

けれど、どれだけ手を動かしても、なにも完成しなかった。

清乃さんは新しい作品作りができなくなった。

漆芸作家としての自分が死んでしまったことに気づくまで、時間はかからなかったという。

「欠けたものは戻らない。当たり前ですよね。私が初めから欠けていたのか、悠仁さんの存在が欠けてはじめて出来た傷なのか、生ぬるい暗闇のなかではもう、見えなくなって」

それでも朝日は昇り続けた。

世界は残酷なくらい明るくて、それすら恨めしく感じながら、漆塗りの筆をにぎる意思だけは消えなかった。

悠仁さんから教わった、金継ぎならできることに気がついた。

そうして木蓮陶房の店主になった。

新しいスタートを切れたのだと、清乃さんは教えてくれた。

ドアノブをひねる。

内開きの扉が開くと、清乃さんがそこにいた。

まるく見開いた瞳の虹彩には、まっすぐわたしが映り込む。

「なんでっ！　なんでそんな大事なこと、ずっと黙ってたんですか……！」

わかってる。大事なことだから、言えなかったんだ。

言葉にした瞬間に軽くなる胸のうちを、包み隠さず明かしてしまえるほど、わたしたちは強くなれない。だれかに弱さを預けるのは勇気がいるから。

目前で、清乃さんがわずかに苦笑する。

いつも頼れる木蓮陶房の店主が、このときだけは儚げで。きゅっと胸が詰まる。気づいたときにはもう、腕が勝手に伸びていた。

背伸びをして肩を抱き締める。

ふんわりと、金木犀の秋の香りが栗色の髪から芳《かお》る。懐かしくて切なくて、淋しい香りが肺に満ちていく。

「わたし、清乃さんが大好きです。金継ぎに、漆に真剣なところも、自分に厳しくて妥協しない性格も、明晰でそれでいて優しくたおやかな人柄も……好きです、大好きです」

「え。ええっと……!?　あのっ、麻冬さん!?」

言ってることが支離滅裂だ。

なのにとめられそうもない。とめたくもない。

「折れないでいてくれてありがとう。どうしても、それだけ、言いたいんです」

ふっと清乃さんの肩の力が抜けた。

やがて包み込むような抱擁がかえってくる。

背中を撫でるように触れる指先が、温かくて泣きたくなった。

9

「わざわざおいでくださってありがとうございます、阿太刀さん」

木蓮陶房は本日定休日。

店頭で、阿太刀さんに向かって頭を下げる。

「棗芽清乃は出張中、か。ずいぶんと信用されてるようだ」

「居候の身ですから」

「家主の留守に部外者を招く居候、ね」

悠仁さんの遺作が見つかった。そう連絡すると、阿太刀さんはすぐに引き渡しを提案した。花瓶を持ち出すのは難しいこと、ワレモノの扱いに困っていることを伝えると、引き取りの相談にも応じてくれた。

「ま、助かるよ。写真をもとに制作させた贋作を用意しておいた。真作と入れ替えれば万事解決だ」

「清乃さんに通用するとは思えませんけど」

「めくらましになればそれでいい」

さいですか。……つくづく強引なひとだ。

阿太刀さんは手段を選ばない人なのだろう。

ただしそれは商品を手に入れる過程のみで、顧客に贋作を売るような詐欺は許せないのだと語った。

「で、花瓶はどこにあるんだ？」

「その件なんですが、わたしから説明するよりもっと適任の者がいたので、バトンタッチしますね——清乃さん、どうぞ」

呼びかける。と、店頭のシャッターが開いた。薄暗い店内に光が差し込む。

「お久しぶりです、阿太刀さん」

「棗芽さん……」

阿太刀さんは唖然としてから、ぎろりとわたしを睨んだ。

「おい、花岬麻冬。やってくれたな」

人の口に戸は立てられない、と教えてくれたのは阿太刀さんだ。誰かを騙すような策略は苦手だけど、手段を選ばない相手に立ち向かうためなら、わたしだってずるくもなる。

清乃さんいわく、阿太刀さんは狡猾な人らしいから。

「すみません。清乃さんにすべて話しました。遺作の盗難は、わたしを揺さぶるための嘘ですね？」

阿太刀さんの口もとがぐしゃりと歪む。

悠仁さんが亡くなった後、残されたもののほとんどは、清乃さんが引き継ぐことになった。ふたりは結婚していたから、相続人としての権利は清乃さんにある。信楽家の両親も、長子である悠仁さんの夢を継ぐと決めた清乃さんを温かく迎えた。

手元に残されていたうつわは、形見分けとして悠仁さんの知り合いの手に渡った。

「悠仁さんの葬式以来ですね」

「ああ……そうだったか。美術商なんて仕事をしてると、他人の葬儀も、死人の蔵を暴いての遺品整理も日常だから忘れたよ」

「……変わりませんね。その皮肉屋ぶりも」

清乃さんが呆れたような苦笑を落とす。

ピリリ、と火花が散るような緊張が走った。

清乃さんのまなざしに底知れない冷たさが混じる。

「あなたがまだ、悠仁さんの花瓶に執心されていたのには、驚きました。花瓶の譲渡は断ったはずです」

「諦めがつかなかったんだ。葬儀の時にも言ったよな。のちに必ず高値がつくって。ツグミ画廊なら二束三文で売り渡したりしない」

「阿太刀さん。あなたのいう、市場での価値という基準に理解は示せます。しかしながら私にも、あなたとは異なる価値判断のものさしがあるんです」

「平行線か……。いつもこうだったな」

阿太刀さんがため息を落として自嘲する。

その口調は諦観に満ちていた。

棘のある物言いばかりする阿太刀さんらしくはなかった。一瞬だけ、くたびれた顔をみせて、すぐに鼻筋に手をあててサングラスをかけ直す。

あれ、と思う。レンズに隠される前に眇められた瞳は、過去を懐かしむようだったから。

「棗芽さん。忘れたのか。信楽悠仁が、今わにあなたに伝えたよな。――夢を終わらせないでくれ、そう、あなたも聞き届けた」

清乃さんが首を縦に振る。

「覚えています。夢を続けるために、店主として木蓮陶房を継ぐ、そう決めましたから」

「ちがうだろ。世に新たな価値を届ける陶芸作家として、あの人はもっと、大きな夢を見ていたはずだ。あんたにも同じ期待をしていたはずだ。なのにあんたは漆芸作家である棗芽清乃を捨てて、この店を守ることだけに腐心した。いまは金継ぎ職人なんだって?」

片眉を吊り上げて、阿太刀さんは詰問するように尋ねた。

そこから清乃さんの答えを待たずに畳み掛ける。

「いまのあんたは気に入らない。ひとの心を震わせられる芸術をうみだす手を持ちながら、新たな価値を求めず、現状維持に甘んじている。……らしくもなく、木蓮陶房の店主って椅子にしがみついているだけだろ」

あまりに一方的だ。

こうなる予感はあった。だからこそ、清乃さんと会わせるのは反対したかった。

でも――。可能性でしかないけれども、阿太刀さんが強硬手段に出た背景に、譲れない想いがあったなら、それを知れば分かり合えるかもしれない、と思ったんだ。

店主に目配せをしてから、ふたりの間に割って入る。

「阿太刀さん」

「花岬麻冬……」

「あなたの本心がようやく聞けて、すっきりしました。ちょっと言い過ぎですけど」

阿太刀さんなりに、漆芸作家としての清乃さんに期待していたのだ。作品づくりをやめて、金継ぎ職人として新たに歩み始めた彼女を、まだ認められていない。

過去はふとした瞬間に蘇ってはわたしたちを縛る。かすみでできた紗幕のように、真新しい景色をけぶらせて、一瞬で視界を闇へと閉ざす。

阿太刀さんが苦く痛々しい表情をして、清乃さんを睨むのは、きっと美しい過去があるからだ。ふたりのあいだに、悠仁さんが居た頃の。

遺恨をすべて水に流して、仲直りとはいかないだろう。

「要求は呑めませんが、お探しのものは用意してますよ。ですよね、清乃さん？」

「はい。見ていただければ、ご了承いただけるかと」

「……は？」

ぽかん、と阿太刀さんが口を大きく開ける。

そのまま背中を押すようにして工房へと案内する。阿太刀さんは心底いやそうな顔をしたけど、有無を言わせず連れていく。

「どうぞ、ご覧ください。こちらは信楽悠仁の遺作〈白夜の漣〉……その新生です」

工房の作業机には花瓶が置かれていた。

流線形の美しいうつわ。その表面には――金継ぎによる〈景色〉が浮かびあがっている。

阿太刀さんが叫ぶ。

「ああ、くそっ。そういう、そういうことかよ！　あんたが信楽悠仁の遺したうつわをひとつも手放さなかったのは！」

「はい。木蓮陶房に残っていたうつわは、どれも未完成だったんです。悠仁さんは妥協をしない方でしたから。焼成の段階で失敗したものは、すべて割っていたんです」

亡くなる間際の悠仁さんは、新作となる〈白夜の漣〉の制作に没頭していたそうだ。うつわの色味とかたちにこだわり抜いて、いつにも増して。「ちがう」「こんなんじゃない」「もっと」そんな独り言を繰り返すようになった悠仁さんを見守りながら、清乃さんは密かに気を揉んでいたという。

まるで魂を燃やし尽くすようだったから。

何度も休むようにと訴えたが、いくつもの試作品をつくっては壊して、やがて悠仁さん自身が燃え尽きてしまった。

「阿太刀さん。〈白夜の漣〉は、ついぞ完成することのなかったまぼろしの遺作なんです。それでも、まだ、手に入れたいですか」

「……諦めるよ。ツグミ画廊では未完成の品は売れない。うちの信頼にも関わるしな」

悔しさを滲ませながらも観念したような呟きだった。

うなだれて、首筋に大きな手が添えられる。阿太刀さんはダークブロンドに染めた髪をかきあげて、しかめつらをますます崩した。

「ったく、あの人らしい。叶わない約束なんか残すなよ」

「約束?」

「信楽悠仁の遺作になった〈白夜の漣《さざなみ》〉は、売約済みだったんだよ。俺に。三年前に試作品の写真をみせてもらったときに、惚れ込んだ」

「そう、だったんですね」

「棗芽さんには伝えてなかったんだな、あのひと」

「悠仁さんらしいですね」

そう告げて、穏やかにまぶたを伏せて清乃さんは窓辺へと歩いた。

工房の三角窓は冬の物悲しい街角を切りとっていた。木枯らしに吹かれて裸になった街路樹が寒そうだ。阿太刀さんに背を向けて、机の花瓶を遠くから眺める。

美術商の男もまた、すでに清乃さんを見てはいなかった。窓の向こうへ何かを探すように目を凝らしている。

隣にありながら、同じものを見つめながら、何一つ共有していない。悠仁さんは、ふたりのあいだを繋ぐかなめだったのだろう。

「悠仁さんの夢って、なんだったんでしょうね」

ふと、口をついて出たのは素朴な疑問だ。返事は同時にかえってきた。

「木蓮陶房の存続かと」

清乃さんと。

「芸術家としての成功」

阿太刀さんだ。

店をもつのは清乃さんの夢だ。意気投合して、吉祥寺にうつったのが五年前のこと。その時点で木蓮陶房はふたりの夢になった。

陶芸家としては阿太刀さんに〈白夜の漣〉を託す約束を交わしていた。

「どちらも本心だと思いますけど……。木蓮陶房は清乃さんの夢ですし、〈白夜の漣〉の完成を誰より願っていたのは阿太刀さんで。それで、悠仁さん自身の個人的な願いごとって、どこにあったんだろうって」

——夢を終わらせないでくれ。

悠仁さんの遺言をめぐって、清乃さんと阿太刀さんの道は分かれた。きっとそれぞれに困難があっただろう。ふたりは悠仁さんを想うからこそ、苦しみもしただろう。

残された人たちを、呪いで縛るための言葉じゃないはずだ。

「悠仁さんの願い……？　あっ…………」

「棗芽さん、何か思いついたのか!?」

阿太刀さんが食い気味にかぶせるのもとりあわず、清乃さんは無言で工房から出て行ってしまった。慌てて追いかける。階段をのぼり、二階の玄関先で清乃さんは立ち止まった。

わたしと阿太刀さんが追いつくと、清乃さんは手のひらを上にむける。

五本の指は招き猫へと向けられていた。

「こちら、うちのビャクヤです。悠仁さんが作られた一点ものの陶器です。……手にもっている小判の部分は木材に螺鈿を施していまして、頼まれて私が作りました」

「こいつがビャクヤ？」

「はい。悠仁さんが大事にしていたもので……ビャクヤ、ビャクヤと呼んで可愛がっていました。臨時収入があり気前が良くなっているときには、よく撫でまわして……」

急に無言になり、口もとを覆う。

それを受けて阿太刀さんが目を細めた。

「読めたぞ。ひとつ悠仁が考えそうなことを思いついたんだが」

「奇遇ですね。私も悠仁さんならやりかねない事に思い至りました」

どうしよう、話についていけない。

「割ってもいいか」

「割りましょうか」

「可愛い猫にいきなりそんな可哀想なことします!?」

なんで突然、意気投合してるんだ！

ふたりの間に割って入って招き猫をかばう。抱きかかえると、猫はずしりと胸に重たくのしかかった。

「麻冬さん。これは致しかたのない殺生なんです。後生ですから、その猫を引き渡してください」

「いやです！　いくら清乃さんの頼みでも、こんな可愛い子を葬ろうなんて許せません！」

清乃さんは無言で迫ってくる。

背後では、阿太刀さんが笑いを堪えながら両肩を震わせていた。

ふたりから逃げる。すり足で土間をあとずさる。と、上がり框《がまち》にかかとがぶつかった。

軸足がぶれてバランスが崩れる。

「危ない！」

尻餅。腹に鈍い衝撃が走る。

両腕でぎゅっと抱え込んだ招き猫は無事……ではなかった。

瞬時に三人ともが凍りついた。

招き猫の手がぽろりと欠けたから。

さらには欠けた箇所から、銀貨が落ちた。まるで宝箱に隠された金銀財宝だ。

三和土に転がった銀貨を、阿太刀さんが拾う。イルカが描かれた、見たことのない図案だ。電灯の光に晒すようにしてしげしげと眺めたあと、彼は短く唸った。

「アイスランド・クローナだな。コインには美術品としての価値があるからコレクターも多い……だがこれは……アンティークにしては新しいな……ってことは、おいおいおいおい、まさか悠仁のやつ……」

アイスランド。北欧の国だ。

悠仁さんの私室に残っていた世界地図を思い出す。北極に近い国で夏になると太陽が沈まない日——白夜が訪れる。

そして冬には太陽が昇らない日——極夜がやってくる。北欧圏の夜には、空に光の帯が現れる。薄紅色、群青、そして翡翠が折り重なって、星空を透かして夜に輝く。

思えば漆黒の夜に浮かぶ煌めきは、何かに似ている。

——螺鈿だ。黒い漆器に浮かぶ妖しくも美しい光。

阿太刀さんがハッとして息を呑む。

「〈白夜の漣〉のモチーフはオーロラだ！　やられた……！　あいつこの猫、へそくりの貯金箱に使ってたな!?　棗芽さん、北欧旅行の予定なかったか？」

阿太刀さんの推測はあたりだろう。

招き猫の欠けた腕のなかには、日本の硬貨も紙幣も入っていた。それも五百円玉や千円札ばかりではない。たまに一万円札が混ざっている。種類こそ雑多だけれども、集めれば軽く隠し財産の額になるだろう。コンビニのレジ横にある募金箱の中身がこんな感じだ。

「……悠仁さん、いつかみんなでオーロラを見よう、って……よくそう言っていましたね。きっとそのみんなには、私だけではなく、貴方もいたはずです——阿太刀さん」

写真の裏に書かれていた言葉を思い出す。
〈いつの日にかこの仲間と氷の国にて極夜を望む〉

きっと故人が残したメッセージだろう。そして「この仲間」とはあの写真に写っていたひとたちのことだ。

悠仁さんと清乃さんは夫婦であり共同経営者であり、最愛の仲間でもあった。ふたりは、たくさんの人たちと喜びを共にするために、木蓮陶房を作ったのだった。店にはさまざまな人が集まり訪れた。うつわを愛する客人、上京したばかりの年若い作家。そして、ギャラリストを志す青年。

「阿太刀さん。……悠仁さんの遺作をお届けできず、申し訳ございません」

「……固執したのは俺個人のこだわりだよ。もういいんだ。死人の代弁なんてされたくもない」

「いいえ。私が貴方に誓いたいんです。欠けたものは戻らない。戻らないものは託せない。代わりに、私と、新しい約束を結び直しませんか。——棗芽清乃の漆芸、つぎの新作をお預けします」

清乃さんは、臆することなく断言した。

それから言葉を選ぶように、歌うような優しい語りがつづく。

「いまの私には慈しみ続けたいと願える、毎日があります。守りたいと思える日常があります。ささやかで、だからこそ尊いものだから。その心を、形にしたい」

阿太刀さんの顔がくしゃりとゆがんだ。

表情はすぐに硬くなり、喉元からしぼりだすようにして彼は唸った。

「……俺はギャラリストだ。どんな美しさにも値をつける。未だこの世に生まれていない美を信じる。名もなきものの、形なきものの、価値を信じる」

見上げた瞳は、清乃さんをじっと注視していた。

「あんたに期待してる。有言実行、膝を折ってる暇があるなら行動に移せ」

「あのー。横からすみませんー。いつもひとこと余計ですよね？」

横槍を入れると、不機嫌そうな薄笑いが返ってきた。

サングラスをかけなおしながら、阿太刀さんはおどけるように告げる。

「さあてね。口数が多いのもギャラリストの必要要件なんでね」

清乃さんがふわりと笑みを落とす。

和やかな時間だった。束の間におとずれた憩いの瞬間を噛みしめる。新しい誰かがやってきては集い、しばしのあいだ喜びを共有して、別れる。きっと、と願う再会の約束を残しながら明日へと進む。木蓮陶房は、そうやって続いてきたんだ。

10

阿太刀さんが木蓮陶房へやってきてから、二週間がたった。

大学は冬休みに突入した。火事で燃えた学生寮もそろそろ改修工事を終えるだろうから、暫時の居候生活もおしまいだ。年末をまたぐ休暇中は、木蓮陶房も販売を休みにするという。わたしも実家で過ごす予定だ。そう、切り出した頃には、清乃さんも無事に繁忙期を抜けたようで、またふたりで〈朧月夜〉で楽しい食事をした。

短いながら、吉祥寺での思い出が増えた日々だった。

わたしが居候になってから、家にはひとつだけ変化があった。

二階の玄関先から招き猫が消え、新しいものが置かれるようになったのだ。

〈白夜の漣〉を金継ぎした花瓶だ。

鈍い翡翠色の花瓶の、亀裂を埋める金。浮かび上がる〈景色〉は、潮の満ち引きをくりかえす荒波が、くだけるさまを切りとったようだった。

「うん。やっぱりいいですね。綺麗で、雄大で、いきいきしてる」

玄関扉を背にして花瓶を見つめる。

式台に立つ清乃さんは、穏やかなまなざしを注いでいた。

「飾ってみると、やはり悠仁さんのうつわですね。日常をほんのすこし彩ること。食卓に明るさを添えること。あの人が陶器に込めた想いは、ささやかで……。別物にしてしまうのは、おそろしかったんです」

破片を組み立て、金継ぎで少しずつ修繕しながらも、胸にはずっとためらいがあった。清乃さんはそう語った。

阿太刀さんとの面会の直前に、しあげの金粉を蒔くことができたそうだ。

「別物ではありませんね。同と異があわさってひとつ。矛盾するようですが、それを受け止めるおおらかさがある。年明けまでは、この花瓶に二階にいてもらいます」

「年明けまで？」

「はい。一緒に年の瀬を過ごす、そのつもりで」

うん。それもまたすてきな年の瀬だ。

「そうだ。矛盾といえば……〈白夜の漣〉って変わったタイトルですよね」

「麻冬さんもお気づきでしたか。そうですね。白夜とは一日中、太陽が沈まない現象をさす単語です。夏のあいだに空が明るいまま夜を迎える。つまり……白夜にオーロラは観測できない」

「うん……そうなんですよね。なんで、矛盾するようなタイトルにしたのかな」

「悠仁さんが、みんなで行きたいと願っていたからこそ、ですよ。途方もなく大きくて優しい夢にふさわしい、と思いながらつけたタイトルかと。………あのひとが亡くなって、夢はまぼろしになりましたが、きっとその力強さは残っています」

そうか。なにもかもが理屈どおりとはかぎらない。

夢みた景色をかたちにした〈白夜の漣〉は、そんな矛盾があるからこそ、阿太刀さんの心を捕らえたのかもしれない。

「ねえ、清乃さん。まえにモノが好きだって話、してくれましたね」

清乃さんは静かに頷く。肯定の意だ。それならわたしにもわかる。

「モノがあるから執着が生まれる。けれども、モノがあるから……だれかを近くに感じられる。たとえ隣に居られなくても支えてくれる。だからこそ、特別なうつわを好きになる。

……いまのところ、それがわたしの答えでいいですか」

言葉でわかりあうだけが、人と人との繋がりではないはずだ。

距離や時間。避けられなかった別れ。隣には居られない人々のあいだに、モノがあるなら。うつわの断片を繋ぐ漆のように、絆をつよく結んでくれるはずだから。

探るように尋ねたら、清乃さんは笑顔で受けとめてくれた。

それから思いがけない提案をした。

「麻冬さん。じつは、お願いがあるんです。来年――またアルバイトにきてくれたとき。この花瓶をもらってはいただけませんか？」

耳を疑った。清乃さんは真剣そのものだ。

「お、おんぼろ学生寮に似合うかどうか……」

「しまっておいてくれてもいいんです。貴女が、そばには置けないと思ったそのときには、木蓮陶房に返しにきてください」

必ず受けとります。

念押しまでされたら断れない。

いやじゃないんだ。頼られたようでむしろ嬉しい。思いがけず、アルバイト以外の関わりができて、渡された温かさに心が揺れる。

「清乃さん。居候させて頂いてありがとうございます。たいへんお世話になりました」

去り際に頭を下げると、清乃さんはそっと手を振ってくれた。


木蓮陶房を出たあとは商店街に向かうことにした。駅前を通ると、スーツケースを引いて歩く人影が心なしか多い。かくいうわたしも、そのひとりだ。

季節は冬――。一年の暮れ。

師走の街角は寒さにあらがうように華やかになる。

レンガ通りのにぎやかな喧騒を通りすぎてから、ペニーレーンへ。夜になると、イルミネーションが煌びやかな通りだ。昼間に訪れても、寄り道を誘う立て看板が目に騒がしい。

ただし蛍光カラーでうったえてくる店はなく、どこにも独特の落ち着きがあり、それがかえって心をくすぐる。

道の両端には、ベンチが等間隔に並んでいた。

買い物に疲れたら小休憩をとれるスペースになっているのだ。スマホをながめる学生や、ドリンクで暖をとる老人。鼻をかすめた甘い匂いの先を探ると、露天でホットワインが売られていた。

休憩がてら飲みたくなって並ぼうとした矢先、列の最後尾に男が割り込む。男は後ろポケットから財布をとりだした。その拍子に、コインケースから小銭が一枚落ちる。

転がった先は、わたしの足元だ。

親切心から拾い上げる。

「落としましたよ……っと、あれ?」

顔をあげたら、目前に知り合いがいた。

「阿太刀さん?」

見まちがえようがない。

ダークブロンドのくすんだ前髪がサングラスに垂れていた。木蓮陶房で会ったときよりも心なしか顔色が明るい。憑き物が落ちたよう、とはこのことかな。

「なんでこんなところに?」

「吉祥寺で商談。……と、腹ごしらえだ」

小銭を手渡す。

深爪ぎみな手で受けとると、阿太刀さんは思い出したように口を開いた。

「……そうだ。例の、招き猫遺産だけどな。棗芽さんに頼まれて調べたところ、悪がしこい節税案件ではなさそうだ」

「悪がしこい節税案件？」

「ニュースになるとそれを脱税という。出来心で真似はするなよ」

阿太刀さんが言うとまるで説得力がない。

見た目がカタギじゃないのが手伝って、口八丁で言いくるめられている気分になる。とはいえ、律儀で金銭に細かい阿太刀さんのことだ。生真面目な一面もあるのだろう。

「しませんよ……。いくら貧乏学生でも、危ないことはやりません」

阿太刀さんのいう「招き猫遺産」は逸流くんの将来の備えとして、信楽の家に渡った。兄の秘密を知らずにいたことは、彼を悔しがらせたそうだが、こちらは揉め事もなく丸くおさまった。

「…………見る目はたしか、か」

阿太刀さんの手で、ピンと小銭が跳ねる。コイントスの動きだ。

親指で弾かれた百円玉は、回転しながら宙を舞って、すぐに手のひらにかえってきた。握られたままでは、表か裏かわからない。

「花岬麻冬。就職活動は進んでいるか？」

「いえ。まだなにも……」

まえに清乃さんにも同じことを訊かれた。

来年には大学三年生になるし、そろそろ腰を据えて考えたほうが良さそうだ。でも、阿太刀さんにまで心配されるのはなんだか心外だった。わたしの焦りを知ってか知らずか、阿太刀さんが先まわりして話す。

「ツグミ画廊ではインターン生募集中だ。働き甲斐、生活に困らない給与、将来に繋がるキャリア。うちなら、申し分ないものが提供できる。……どうだ？」

そう語る彼の、口調は真剣そのものだ。

「えーと。押し売り販売ですか？」

「青田買いだよ。将来有望な大学生は拾いたいし、優秀な助手がほしい」

オリーブ色のカラーレンズの奥では、粛々とした瞳が返事を急かす。

阿太刀さんは、損得勘定で動くひとだ。それならきっと、両者に得があると見込んだからこそ、誘いをかけたのだろう。給与や将来のキャリアというリターンをまっさきに教えてくれるあたりも、彼なりに取引相手を重んじてのことのはずだ。打算的にみえるものの、自身の利益だけを優先するひとではない。

だけど——。心はもう決まっていた。迷わずに伝える。

「……猫の手でも借りたいそうですけど、野良じゃないので遠慮します」

「ブラック企業かと疑ってやがるだろ」

猜疑心を抱かないほうが難しい。

〈白夜の漣〉をめぐる一件で、すでに阿太刀さんは前科一犯である。

自覚はあるのだろうか。

「ま、いいさ。どうせ縁があればどこかで会う」

「かもですね。……阿太刀さんはこれからどちらへ？」

「純喫茶にジャズピアノでも聴きにいくよ。……悠仁が好きだったからな」

この街をさ、と言いつくろうような言葉が続く。

素直じゃないひとだ。阿太刀さんと別れてふたたび小路を進む。

と、背後で鈍い音がした。

「ヤ、ヤクザと話してる……！」

振り返ると、こんどは逸流くんだ。今日は知り合いと街中でめぐり会う日らしい。少年は落としたおかもちを拾ってずかずかと近づいてくる。

「麻冬さん！　都会には危ないひともいるんだから！　気をつけてよ！」

「うん、そうだね、骨身に染みて知ってる……！」

逸流くんって、阿太刀さんのあとに会うと和むなあ……。

出前を届けに行った帰りらしい。〈朧月夜〉はテイクアウトの配達もやっている。常連の清乃さんも重宝していたから、木蓮陶房に居候中はよく食卓にお店の定番メニューが登場した。

「そうだ。来年になったら、清姉さんとお墓参りにいくんだ。麻冬さんもきてよ」

「悠仁さんの？　……うん、わかった。案内お願いするね」

了承すると、逸流くんはニカっと白い歯をみせた。快活な笑みだ。

「なんか、いーよね。来年もって約束できるの。じゃあね、良いお年を！」

手を振って、彼は道を急ぐ。見えなくなるまで見送って、またスーツケースを引く。

さて――。心機一転。

商店街を抜けて向かう先は決まっていた。

学生寮だ。英明大学からほど近い場所に建つ古びた木造建築は、燃え残った部分をそのままに修復工事が始まっていた。久しぶりの慎ましい我が家だ。帰省前に、ちょっとだけ見ておこう――。

と。思ったのだけど。

学生寮があった区画が、更地になっていて愕然とした。

「な、ない!?」

近所の住居は変わらないのに、学生寮だけがごっそりと消えている。

大急ぎで、寮の管理人さんに電話をかける。もしもし。花岬です。かくかくしかじか何もなにひとつ知りません！　と涙ながらに訴えると、事情を話してくれた。

じつのところ、火事をきっかけに、学生寮の管理運営が見直されることになっていた。そしてつい先日、オーナーの意向も定まり、より収益率の高いマンションを建て直すことが決まった。オープンは来年。寮生は優先して契約できるので、申し込む場合はお早めに。

――花岬さんは退去書類の提出がまだのようなので、こちらもお早めに。

この一ヶ月間は、阿太刀さんの対応にかかりきりで、大学ではだれとも会話していない。越前先輩とも火事当日に会ったきりだ。気が早い寮生たちは、すでに新たな住まいにうつっているそうだ。

「ウソでしょ……！」

スーツケースにもたれかかる。見計らったように、ぐぅぅぅぅうとお腹が鳴るのがおかしかった。おかしすぎて笑えてきた。なんでかな、絶望していてもお腹は減る。黄昏時だからか、心がしくしくと物悲しくなってきて、思わず天を仰いだ。

ぽつん――。と、額をうつ雫。

雨の匂いが空から落ちて、夕立まで降ってきた。

あっという間に肩が濡れて袖口から水滴が垂れる。

湿ったふとんのような寒気がからだにのしかかってきた。歌でもうたって、無理やり気分を明るくできたらいいのに、それができるタイミングではなかった。

ふと、腑に落ちる。

きっと心細いんだ。ふだんは忘れている人恋しさが、急に亡霊のすがたをして襲ってくる。こういうときに、思い浮かぶ相手はひとりだけだった。

涼やかで知的な声音。凛とした背中。はじめはただ、綺麗なひとと知り合えた高揚感で接していた。アルバイトをはじめてからは、わたしとはまったく違う貴女に憧れた。

淡い憧れは、貴女を知るにつれて、たしかな感情に育っていった。誰かを助けられるくらい強く、優しいひとになりたい。貴女が頼ってもいいと思えるひとになりたい。勇み足で七転八倒するあいだ、その背中を守れるようになりたくて、わたしのほうこそ背伸びをしていた。

いつの間にか、貴女の隣がわたしの居場所になったんだ。

バシャン。水溜まりを踏む。スニーカーが濡れて、水滴が跳ねる。

顔をあげると――。

視界の先に、会いたいひとがいた。

「麻冬さん！」

光の加減で金にもかがやく淡い栗色の髪。こちらにむかってくる、必死の形相。

「………清乃さん？」

まぼろしみたいだ。ぼんやりと見上げてしまう。

しっとりと湿った雨傘をさしかけてくれる。

「よかった！　急な雨でしたから……大丈夫ですか？」

緊張の糸が切れて、ほうっとため息が漏れた。

いつも助けにきてくれるのは、清乃さんが優しいからだと思っていた。きっと、それだけじゃない。大切な人を亡くしてしまった経験が、助けたい人に届かなかったどうしようもなく苦い過去が、清乃さんの折れない強さを形づくったんだ。

傷を包み隠さずに話してくれたこと。その信頼に応えたいと思う。こんなときに「大丈夫」だなんて見栄を張る気にはなれなかった。

「すみません、清乃さん。じつは……相談があるんです」

祈るような心地で事情を話す。心細さごと吐き出すようにして、それから期待と希望を込めて切々と、できるかぎりの言葉を尽くした。話を聞き届けてから、清乃さんはしばらく思案した。それから仰々しく咳払いをして、蕩けるようなほほ笑みを向けた。

「木蓮陶房では、ただいま先着一名限定で同居人を募集してます」

一本だけ指をたてて。

「条件は、漆にかぶれない体質であること。モノを想い、大切に扱える心の持ち主であること。なるべく一緒に食事を摂れること。そしてなにより——私が大切にしたいひとであること」

三つだけ、条件を課して。

「……どうでしょうか、麻冬さん？」

繊細で優しい手をのべて、わたしの名前を呼ぶのだった。

安堵して泣きたくなる。そんなふうに提案されて、断る理由なんてひとつもない！

今度はわたしのほうから、はっきりと伝える。

「あの……っ！　できることは何でもします。住み込みの書生として、木蓮陶房においてもらえませんか！」

「お申し出謹んでお受けいたします」

清乃さんがふわりとはにかむ。

「じつは私も、すっかり独り暮らしが寂しくなっていて。麻冬さんのせいですよ？」

そして嬉しそうに呟くから、つられてわたしも笑ってしまう。

いつの間にか天気雨になっている。花も恥じらう美貌の店主が傘を傾ける。その手に重ねるようにして傘の柄をおさえた。重なった手から伝わる熱が、もったいないくらい温かかった。

11

年始の吉祥寺。

駅前すぐのサンロード商店街のゲートは正月飾りで華やいでいた。サインボードにはあかあかと新春の二文字が映え、心なしか、天井をささえるパステルグリーンの柱さえも真新しく見える。寒さは変わらずとも、心が改まる季節だ。

木蓮陶房の店先にも、紅白の花と稲穂を結いあわせたしめ縄がかざられた。

いつものように店先を箒で掃いているとリン、とドアベルが鳴った。

「いらっしゃいませ」

この日、最初に来店したのは女性客だった。

きょろきょろと店内を見まわして、所在なげにショルダーバッグの肩あてを握っている。はじめて訪れる一見さんのようだ。カウンターの前にたどり着くと、小さな声を振り絞って話しかけてきた。

「あのぅ。店主のかたってあなたですか？」

首を横に振る。

「申し訳ございません。店主はただいま不在でして」

「そうですか……。じゃああなたは？」

「アシスタントを勤めております、花岬です」

軽く会釈をして、落ち着いて話す。

ほほえみかけると、女性客は緊張したおももちを柔らかくした。

「じつは……深皿を割ってしまって。直してもらえませんか？」

「金継ぎのご依頼ですね。本日は、うつわはお持ちでしょうか？」

胸先で平手が横に振れる。依頼の前に、店をよく見ておきたくて訪れたらしい。

「失礼いたしました。当店の修繕サービスでは、お見せ頂いたうつわをよく検分して、うつわの傷を診断いたします。かたちや深さによって、傷を呼び替えるのです。〈割れ〉〈ひび〉そして〈欠け〉。お客様のもつうつわに寄り添いながら、金継ぎのご提案をさせていただきます」

慎重に、そして丁寧に。話をつづけている途中——。

ふたたび、リンと鈴の音。ガラス扉のてっぺんではドアベルが揺れていた。

「ただいま戻りました。そちらは……お客様でしょうか？」

紙袋を腕に抱えていたのは、木蓮陶房の店主——清乃さんだ。

「清乃さん！」

紹介すると、女性客の頬がぽうっとほの紅く染まった。

美貌の店主は事情を耳にすると、しかと頷いた。

そうして春の女神のように。あるいは夏の仙女のように。優美な微笑みをたずさえて。

いつだって確約するのだった。

「ご安心ください。どんなうつわも、かならず壊さず継いでみせます」

木蓮陶房は、本日営業中。

吉祥寺駅から徒歩十分の陶磁器店。金継ぎ工房をそなえた、頼れる店主がいとなむお店。訪れる人々の心まで繕う手仕事は確かで、この街の密かな名店だ。ひょっとすると、まだ新芽のようなアシスタントとも会えるかも。

上京してそろそろ二年。ここがわたし——花岬麻冬が見つけた大事な居場所だ。

書き下ろし番外編

25時からのレイト・ショー

「麻冬ねえのばーか！　大っ嫌い！」

高校生にもなって大嫌いはないでしょ。

反射的に言い返しそうになるのを、ぐっとこらえる。

電話越しの叫びに耳がきーんとなるのを堪《た》えながら、精一杯に言葉を練ってしぼりだす。

「……わかった。わたしが悪かったよ。夏織《かおり》の気持ち汲めてなかったよ。ごめん、ごめんって」

そして謝る。すすり泣きが聞こえてきて、心臓がじくじくと痛んで、身体が芯から冷たくなっていく。

泣きたいのはこっちもだった。

姉としてのプライドはそれを許してくれず、どうしようもない葛藤が渦巻くのをやりすごしても、結局いつも強情な自分が勝ってしまう。

夏織──妹に対して、わたしはいつも迷ってばかりだった。


事の経緯はこうだ。

岐阜県在住の妹が東京に遊びに来るというので、準備を整えていた。清乃さんにも相談をもちかけ、木蓮陶房の二階に泊まれるよう、わたしなりに手配もして、もてなす気でいた。

夏織は良い子だ。それはまちがいない。

画家志望の彼女にしかわからない世界を内側にもっていて、絵の才能にも恵まれている。本人の努力量も並大抵ではなく、わたしは夏織のそうした一直線な凄まじさに、内心ちょっと羨ましい気持ちもありつつ、一目を置いていた。

家族だから、単純な好きや嫌いを超えた複雑な想いもある。だけど、血の繋がりゆえの大切さは実家を出ても変わらなかった。故郷を離れてからは、一度も会えてなかったから、夏織が東京にきたら、久しぶりに姉妹の時間をじっくり過ごそう。

そう思っていたのは、わたしだけだった。

「麻冬ねえさ。べつにあたしと会いたくないよね？　ならいい。東京には友達と行くから、麻冬ねえとは会わない」

ちょっと待ってほしい。

先に約束していたのは、わたしだよね？　美大志望の夏織が、関東圏にある大学の卒業展覧会を見学したいっていうから、入場チケットの手配もしたよ？　バイトのスケジュールも調整して、それからそれから……。

そう、諭しかけた時にはもう、電話口から聞こえるのは怒声だった。

電話を切って、はあ……とため息をつく。

顔を上げると、リビングで台湾茶を淹れていた清乃さんと目が合った。

「麻冬さん、どうでしたか？」

駄目です。駄目ダメです。首を振ってノーの意を示しておく。

「妹さんは気難しい方だとは聞いていましたが……。私も麻冬さんのご家族にはきちんとご挨拶しておきたかったのですが、残念です」

「すみません、清乃さん。せっかく都合つけてもらったのに、三者面談流れそうで……夏織ってばほんと気分屋なんですよ……。逸流くんくらい素直で、なんでも協力してくれる妹だったらなあ」

「え？　逸流さんって麻冬さんにはストレートなんですか？」

「いえ、お兄さんに対しての愛です。仲良し兄弟だったってお話ですし」

信楽兄弟とちがい、花岬家は姉・弟・妹の三きょうだいだ。長女であるわたしには、故郷ではふたりの弟妹の面倒を見てきた経験と記憶がある。……が、正直なところ、きょうだい仲良しってほどではない。

特に、妹の夏織とは昔から喧嘩が絶えず、実家に居た頃はよく険悪なムードになっていた。

うちはうち、よそはよそだ。

割り切ることはできる。頭では理解できても、心はささくれたままで、なかなか立ち直ってくれないのが厄介だ。

「実家出たら、夏織とも多少はうまくやれると思ったんだけどな……」

思わずこぼれた呟きは、ばっちり清乃さんにも聞かれていた。

「麻冬さん。おつかれでなければ、私ともお話ししませんか？　だらりとしたままでいいので」

清乃さんがテレビをつける。

と、画面に鼻の高い英国俳優が映り込んだ。アカデミー賞に選出されたこともある名作映画のワンシーンだと気づく。そういえば、金曜の夜だった。

夕食を終えた後の眠気と、月曜日からの五日間を走り切った倦怠感で、まぶたは重い。スピーカーから聞こえてくる英語の半分もうまく聞き取れない。だけど、清乃さんの声はふしぎと鮮明だった。

こういうときに、清乃さんとお酒が飲みたくなるあたり、わたしもすこしは大人になったのかもしれない。

「じゃあ、晩酌にしましょう」

「歌い出しても良いですよ？　麻冬さんのリサイタル会場にしましょうか」

「いやぁああ！　忘れてー！　〈朧月夜〉でのあれは思い出したくない醜態だから！」

ほどなくして、ローテーブルにはロゼワインが現れた。清乃さんお気に入りの銘柄だ。

ワインオープナーでコルクを抜くのはわたしの仕事。薄桃色の可愛らしいお酒をグラスに注いだら、乾杯の合図だ。今週もおつかれさまです、清乃さん。麻冬さんこそ。そんな形式的な挨拶のあと、ふたりそろってふっと笑う。

お店では決して見せない気の抜けた表情に、ゆるゆると微笑みが結ばれていく。楽しげに飲むひとだ。ああ、清乃さんのこういう笑顔がすきだなぁと、アルコールでぼんやりする頭に浮かんだのを忘れた振りをして、酔わない程度にワインを飲む。わたしは相変わらず、アルコールは苦手で、おかしな酔い方しかできない。

「麻冬さんって、どんな高校時代をすごされたんですか？　妹さんがいま通っている学校と、同じ学校を卒業されたんですよね」

「そうですー。夏織はいま高校一年だから……あの子が入学する前に卒業しちゃいましたけどね。制服お古あげたら、不満そうだったなぁ」

「姉妹で同じ制服が着られるなんて、すてきじゃないですか！」

「清乃さんはきょうだいに夢見すぎ！　わたし、地元にいたころはずーっと運動部だったから、文化部の夏織とはあんまり話が合わなかったんですよ！」

たぶん、お互いにお互いが異星人みたいに見えていた。同じ家の中にいるのに目も合わせない日もあって、家族なのにだれより他人だった。

その冷たい感覚は、わたしと夏織のあいだにはずっと横たわっている。

話している間にもテレビからはのんびりとしたクラシック音楽が聞こえてきた。映像は爆発シーンで、中々に前衛的な完成度のシーンになっている。ちょっとクラクラしてくるくらいに。たしか、スパイ映画のはずだ。銃を構えた男優が潜入先の研究施設から脱出していくのを見守ることにした。

「あ、この俳優、たしか今公開してる新作にも出てましたね」

「話題そらしましたね？」

「そらしてない、そらしてない！」

「麻冬さんってたまに恥ずかしがり屋なんですよね。そこが可愛くもありますが」

「清乃さんのほうが可愛くて綺麗ですよー？」

なんだこの会話。

口が勝手にすべるのがおかしくて、なぜか褒め合い合戦になる。そのうちふらりと清乃さんが立ち上がり、そろそろお開きのタイミングかと思いきや、清乃さんの白い手が伸びてきて、腕を掴まれた。

酔っ払ってるな、この人。と、気づく。そこから三秒間たっぷり見つめあったあと、女神様みたいな同居人はおもむろに笑う。

「興が乗りました。麻冬さん、気分転換に散歩に出かけませんか？」

かくして酔っ払いふたりは午前零時直前に、吉祥寺の街へと出るのだった。

東京の夜は明るい。マフラーなしで街道を歩くにはまだ肌寒く、首元をぐるぐる巻きにして風よけにする。防寒対策には、年始に清乃さんからもらったボアコートが役立ってくれた。毛皮のような触り心地のボア生地が、上半身をしっかりと包み込んでくれてあったかい。

バイト代で買おうと思っていたら、清乃さんから贈られたものだ。カジュアルで着まわしにも便利なボアコートは、たしかに痩身で背の高い清乃さんのイメージとは少しちがう。

「私のなかにも時代がありますから。昔はこうした愛らしいものを、好んでいたこともあります」とのこと。それにしては、どうしてか新品同然だ。

「麻冬さん。そのコート着てくださってるんですね」

「へへ。この冬一番のお気に入りですもん」

かくいう清乃さんは淡い青のチェスターコートがよく似合っていて、さりげなく指先をカバーする革手袋も品がいい。隣を歩くのはもう慣れたけど、寒い冬を一緒に過ごすのは今年がはじめてだ。

大学一年の頃のわたしは、誰かと冬枯れの木立を見上げながら、そわそわ歩く二月を想像しただろうか。

「あ！　見てください！　清乃さん！　もう、白木蓮が咲いてます！」

頭上では、街路樹の白木蓮が咲いていた。

指さすと清乃さんが白い息を吐きながら、笑う。

「春を告げる花ですね。木蓮陶房がオープンしたのも春なんですよ」

「ひょっとしてお店の由来も、この花ですか？」

「そうです。春のような温かさをお客さまにも届けられるよう、願ってつけました」

そんな命名秘話があったとは。初耳だった。

清乃さんはなおも語る。今度はこちらをうかがうように、視線を投げかけて。

「実は、麻冬さんと行きたいところがあるんです」

神妙な語りかけ。だけど、表情筋がゆるんだ赤い顔は、アルコールからか、冬の寒さからか。とうぜん、わたしも酔いがまわってきていた。七井橋通り沿いを歩きながらなんだか気持ちも上向きになり、夜の散歩も楽しくなってきた。

「正直、寒いけど、どこへなりともお供しますよ？」

「では、ご同行お願いします。……驚かないでくださいね？」

ご覧ください！　と、清乃さんがいつになく高い声をあげる。そしてポケットから二枚のチケットを取りだした。

「なーんと、映画の無料券もってきてるんです！〈朧月夜〉の大将さんにもらったんですよ、観に行きましょう！」

「やったー！　映画だーっ！　……って、え？　この時間からですか？」

「そうですよ？　何か問題でも？」

首をかしげる清乃さん。

問答を繰り返すうちに、すでに駅前にたどり着いていた。さびれた鉄階段をそなえた建物の前で、清乃さんは立ち止まる。扉を囲むように張りめぐらされたポスターが、入り口のランプであやしげに照らされていた。

頭上の看板には、〈吉祥寺名画座〉とある。

「じゃあ、いきましょっか」

手袋をはめた手に誘われるがまま、劇場へ。

チケットカウンターにはぽつねんとひとりの老人が座っていた。ちょうど二十五時から上映開始の映画があるようだ。清乃さんがチケットを差し出すと、劇場内の見取り図を手にのんびりと座席案内をしてくれる。

こんな時間だからといって、倦厭されるふうではない。

ただし、たどりついた上映室はまったくの無人で、これでは貸し切り状態だ。

思わず感嘆の声があがる。

「東京ってすごいですね。こんな深夜から上映する回があるなんて」

「吉祥寺ではこの映画館くらいですよ。新宿や池袋に出かければもっと大きな映画館もありますが、そこまで足をのばすのはさすがに明日に響きます。麻冬さんは、映画はご自宅派でしたか？」

「あー……家派というか……地元に映画館なくて。公民館でたまにお年寄り向けの上映会をやるくらいなんですよね。それで自然と、映画館からは遠ざかり……」

わたしの住んでいた田舎からだと、ショッピングモールにあるシネコンでも車で片道二時間弱かかったのだ。さして最新映画に熱をあげているわけでもなかった女子高生は、映画館に行くことを諦めてしまっていた。

「っていうか、スタバもドトールもないド田舎なんです。もっとおしゃれな街に住みたかったなーって思ってましたし、高校の頃は都会に遊びに行くのが唯一の娯楽だったかな」

話していると、思い出してきた。

懐かしい――わたしの故郷。

帰りたいとまでは、言えない。大切な場所なら、まさに今、ここにも増えたから。

「だからわたし……夢心地なんですよ。清乃さんといるとずっと」

大人になると出来ることも、行ける場所も増える。ずっと自由だ。小さな町で過ごした子供時代よりも、広く大きな世界を知って、揺らいではまた遠まわりばかりする。

本音をいうと離れたくない。でも、それが甘えだともわかってる。暫時の仮宿の安らぎはモラトリアム限定で、まどろみの間に時は過ぎる。時は何一つ待たないのに、たとえ準備がままならなくても、わたしたちは毎日の本番にひとつずつ臨むしかない。

「麻冬さん……」

「と、弱気すぎますね。今は、吉祥寺にいるのに。地元にいたときと全然変われてないのかな……って、思っちゃってたみたいです」

隣に座る清乃さんは、真剣な表情をしていた。

「そんなことないですよって、言うことはできます。私は貴女の努力も、変化も、奮闘も、隣で見てきましたから。……気晴らしにならいくらでもつきあえますが、どうしますか？なにかしたいことは？」

「う、うう、もっと甘えちゃいそうなので、とっておいてもいいですか？」

「ふふ。では、楽しみはとっておきます。麻冬さんと一緒に行きたい場所も、やりたいこともたくさんあるんです」

照明が落ちて、上映ブザーが鳴る。

真夜中の上映室でみるファミリー映画は、ちょっとだけ泣けた。

翌日の夜。もう一度、電話をかけて夏織と話し合うことにした。

「夏織、話があるんだ。聞いてくれる？」

「ん。あたしもある」

譲り合いになって、夏織から話すことになった。

夏織の言い分はこうだ。急にアルバイト先の店主と二人暮らしを始めた姉のことが、妹なりに心配だったらしい。しかもわたしが清乃さんの話ばかりするから、複雑な気持ちになっていたとのこと。

それで、清乃さんと会うのを突然取りやめにしようとした。

夏織は人見知りが激しくて、誰とでも仲良くなるまでに時間がかかるタイプだ。彼女には彼女のペースがある。いきなり対面させるのは、性急すぎたかもしれない。

「麻冬ねえは勝手だよ。ぜんっぜんわかってない。勝手に会おうだなんて決めて……あたしの気持ちも知らずに……」

夏織は話しながら、どんどん嗚咽混じりになっていく。

「あたし、あたしだって、考え迷ってわかんなくなるけど、そ、それでも、進んでるんだよ。麻冬ねえに話したいこともたくさんあるし、もっと、ちゃんと、追いつきたいって思う、そういうの、わかってよ、わかってほしいのに、麻冬ねえ、麻冬ねえのわからずや……！」

聞き届けながら、なんだ……と心が着地していく。

現在進行形で迷ってばかりいるわたしと同じだったんだ。それを夏織に悟られるのが悔しくて、背伸びした自分をみせてる。夏織は妹だから。

小学生のころは、夏織はずっとわたしのうしろをついて、隠れて歩く子だった。どこか頼りなく、気づけば独りでいる妹を、守ってあげようと誓ったことも覚えている。中学、高校、と夏織が大きくなるにつれて、家の中で険悪になる日が増えてしまい、わたしは大学進学を機に実家を出る決意を固めたのだ。

このとんでもない妹から、わたしは逃げてばかりだ。

「……ごめんね」

言うんだ。夏織が相手でも、自分の言葉でちゃんと伝えたい。

「一緒に住んでたときは、わたしなりに夏織のこと尊重して、わがまま聞いてきたんだから……こっちのお願いも聞いてよ。清乃さんにはすごく助けられてる。夏織にもわたしの大切な人のこと、知ってほしいんだよ」

「麻冬ねえさ。やっぱり変わったよね」

「そうかな」

「さみしいけど、認めてあげる。でも、あたしの相談にも乗ってね。姉妹なんだからさ」

夏織がしおらしく語るのがめずらしくて、電話口でふっと含み笑いが落ちた。

声をひそめる。キッチンでは清乃さんが大事そうにお皿磨きをしているから。

「……わたしがちょっとでも変われたんだとしたら、それはこの街が好きになれたからだよ」

吐息が落ちる。電話越しに夏織もおだやかにほほえむ気配がした。

わたしと清乃さんと夏織。三人で笑って会える日は、そう遠くないうちに実現すると決まった。未来に託した約束のおかげで、一歩ずつ変われるのがうれしい。

いとおしい日常を噛みしめつつ、わたしは今日を生きている。

あとがき

この度は拙作『吉祥寺うつわ処　漆芸家・棗芽清乃の事件手帖』を、お手にとって頂きありがとうございます。作者の穂波晴野と申します。

本作は、悩める女子大生・麻冬と陶磁器店を営む女性職人・清乃の出会いからはじまる陶芸ミステリーです。

舞台は東京都の西部・多摩エリアにある吉祥寺の街。

作品の構想を練り始めたのは二〇二一年頃。当時は吉祥寺付近にある会社に勤めていまして、歩くほどに好きになる街の魅力を伝えたくなり執筆した小説です。

個性豊かな店が並ぶ駅前商店街を歩きながら取材を重ね、街の名所を訪ね、小説のなかに描き出していくのは胸がはずむ経験でした。物語のなかにも登場する、井の頭恩賜公園や東急百貨店の裏通りなどは、好きが高じてたびたび足を運んだスポットです。

大好きな吉祥寺を舞台に〈うつわ〉と〈漆〉の物語をお届けできたことは、望外の喜びであり、しかし同時に恐れおおい想いもあります。

物語のなかで麻冬と清乃が生きる土地でもありつつも、私自身の心のふるさとがひとつ増えたような心地もしているからです。


本作品がこうして刊行に至るまでには、多くの方々にお力添えを頂きました。

装画を描いてくださった丹地陽子様。イラストを拝見した瞬間、清乃の美しくしなやかな横顔に心を奪われました。木蓮陶房の物語に彩りを与えて頂き、ありがとうございます。

真摯な言葉と丁寧な対応で支えてくださった、ことのは文庫の佐藤様・田中様。出版までご尽力を賜りまして、お二方には何度お礼を尽くしても足りません。

また、いつも見守っていてくれている家族や友人、執筆仲間たち、この本が刊行に至る過程で様々に支えてくださったすべての方々へ、厚くお礼申し上げます。

そして最後にこの本を手にとってくださった読者の皆様へ。この度は貴重なご縁をありがとうございます。お読み頂いたことで温かな気持ちが芽生えるお話になっていましたら、それ以上の喜びはございません。

願わくば、この一冊があなたの幸福につながる物語であれば、心より幸いです。

二〇二二年十二月　穂波晴野

ことのは文庫

吉祥寺《きちじょうじ》うつわ処《どころ》
漆芸家《しつげいか》・棗芽清乃《なつめきよの》の事件手帖《じけんてちょう》

2023年1月27日　初版発行

著者　穂波晴野《ほなみはるの》
発行人　子安喜美子
編集　佐藤　理
編集補助　田中夢華
印刷所　株式会社広済堂ネクスト
発行　株式会社マイクロマガジン社
URL：https://micromagazine.co.jp/
〒104-0041
東京都中央区新富1-3-7 ヨドコウビル
TEL.03-3206-1641 FAX.03-3551-1208（販売部）
TEL.03-3551-9563 FAX.03-3551-9565（編集部）

本書は、書き下ろしです。
定価はカバーに印刷されています。

ISBN978-4-86716-382-5　C0193
乱丁、落丁本はお取り替えいたします。